AF272370

El deshollinador ilustrado en París

Tania Hernández

El deshollinador ilustrado en París

Impresión y edición por BoD – Books on Demand

info@bod.com.es - www.bod.com.es

Impreso en Alemania – Printed in Germany

ISBN: 978-980-424-057-7

Tengo una cierta habilidad para entregarme a las manías y permanecer en ellas.

PULCRITO DELACROIX

Le monde est fou, la vie n'est pas juste, Pourquoi? Pourquoi?

SUCITA

Agradecimientos

Rayda Guzmán: tu dedicación y talento hacen que a cada idea le saquemos hasta sus últimas consecuencias.

El deshollinador

Nancy Quintana: tu franqueza permitió que nuestros diálogos fuesen más creativos y sencillos, resaltando tu querida ciudad: París.

Sylvie Román

Harumí Grössl: nos hiciste aterrizar con los tiempos verbales, llevándonos a estar en sintonía directa con los lectores. Lo sé, soy periodista.

Valerie Florentine

Gabriel e Indiana: les pregunto cómo soportaron los desvaríos de la autora mientras escribía este ensayo. ¡Tendrán mucha paciencia!

Pulcrito Delacroix

Leyson y Luis: gracias por estar siempre atentos a las divagaciones filosóficas de este relato. ¡Más pensamiento y menos ansiolíticos!

El deshollinador

Juana Hernández: por apoyar todo el tiempo cada una de las extravagancias en que nos metemos.

Pulcrito Delacroix

A la familia, en especial a los hermanos Hernández, que aún no sabiendo en lo que andamos, nos apoyan y celebran.

El deshollinador, Sylvie, Valerie, Pulcrito y la autora.

Contenido

PRÓLOGO

"– La existencia precede a la esencia…
– Eso, si somos capaces de mantenernos
vivos entre tantos gérmenes… ¡uff!"

Pulcrito Delacroix

De tanto en tanto recibo la llamada de Tania e iniciamos una conversa transatlántica, cosa nada sorprendente en estos tiempos del guasap y del escaip. Son conversaciones cotidianas que van desde la situación del país (a cada una el que le toca), pasando por la filosofía, el arte y los amigos comunes. A nuestra manera nos damos ánimos si hace falta, a nuestra manera vamos construyendo un mundo paralelo en el que darse ánimos no hace falta. Pero, lo más interesante de este trueque es que, en estos tiempos de incerteza, dejamos que aflore la ilusión como el mejor antídoto.

Un día de esos de intercambio de sueños, Tania me habla de un proyecto en el que está trabajando. Es una novela, corta. La describe como una *novelita* y a mí me entra la curiosidad. Ya sabíamos que además de sesudas profesoras en nuestras áreas, teníamos nuestras veleidades con el arte. Tania pinta, escribe y tiene una debilidad por la caricatura y el humor. Sabemos de nuestras transversalidades, de ese constante atravesar la frontera de lo intelectualmente convencional en busca de lo no se nos ha perdido. A ojos de algunos, nuestras inquietudes serían fruto de un diletantismo agudizado por la falta de tesón y compromiso con el saber. ¡Nada más lejos, cuando se trata de un par de superdotadas!

Es por eso que, cuando me contó lo del deshollinador, yo sencillamente quedé fascinada por la idea: "Sé que la filosofía se aprende en el Ágora o en un aula, pero a mí con gran júbilo me tocaron las chimeneas", eso dice el deshollinador en una de las primeras páginas como una contundente declaración de intenciones. Y desde ese momento el libro te atrapa si te gustan las chimeneas y la filosofía –en ese orden.

Pensé, inmediatamente, que este asunto tenía que ver con una manera de hacer filosofía y de ser intelectual. En general, coincido con mis amigos, aquellos a quienes llamo mis hermanos intelectuales, con el hecho definitivo de tomarnos el saber cómo un modo de vida. No hay conocimiento que no pueda ser tocado, estirado, violentado, recortado, lavado incluso, a fin de que sirva para el propósito esencial de vivir. En este sentido se es nietzscheano, en este sentido se es foucaultiano.

Si alguien se está preguntando si el deshollinador es un relato sobre los usos de la filosofía, desde antemano he de responder que no, o bien, que no expresamente. La filosofía para el protagonista que subido a un techo en París para encontrarse con una discusión entre Kristeva, Houdebine y Scarpeta, mientras come un algo que saca del bolsillo, es sólo un ejemplo de lo quiero decir. Para él, la filosofía es una práctica tan cotidiana como limpiar chimeneas, si bien esto último no lo hace como un oficio sino como una excusa para llevar a cabo a cabo su propio proyecto existencial, que es lograr entender las consecuencias que tiene el pensamiento para su y la vida. En esa búsqueda de respuestas tiene que interactuar muy dinámicamente con sus amigos – alters ego– en algún sentido: la periodista, la pintora, el excéntrico y yo misma.

Pero, si el deshollinador sólo hiciera esto, la *novelita* sería muy aburrida. Es por eso que no deja de sorprendernos que el deshollinador no sólo nos lleve de techo en techo, de pensador en pensador entre corrientes y discusiones intelectuales que se suceden, sino que además nos acerque a un París real que provoca sobrevolar, como si de aquel cuadro de Chagall se tratara.

Es por eso que cuando Tania me resumió de qué iba la cosa, yo intuí que podía ser muy entretenido saltar con él por los tejados de París. Una idea sencilla: un tipo escucha a través de las chimeneas conversaciones de los grandes intelectuales de mitad del siglo XX francés y saca sus propias conclusiones. Aprende de lo que oye, tiene localizado el lugar en él que se dan cita sus pasiones intelectuales, pero los techos pueden ser resbaladizos, fríos en invierno o muy calientes en verano. Se puede pasar hambre y brindan, al mismo tiempo, una hermosa mirada sobre las calles y sus gentes, una mirada de quien comparte todos los secretos, pero no los protagoniza.

Esta especie de metáfora que viene a contarnos lo cerca y lejos que estamos del saber, lo penoso que resulta vivir con él, es lo que hizo que esta historia me gustara tanto y que me sintiera inmediatamente identificada con el deshollinador. ¡Cuántas veces no estuvimos como si escucháramos a nuestros maestros desde una chimenea! ¡Cuántas veces, resbalamos, o subimos para poder entender lo que se nos decía! Como anécdota recuerdo una clase de nuestro profesor Miguel Ronpedrique en la que el humo era tan denso – entonces todavía se permitía fumar en clase– que hacía imposible la visión y sólo nos quedaba la escucha, tal como le pasa al personaje de Tania, y también recuerdo que más de una vez tuve que oír la clase desde la puerta porque no aguantaba el humo, tal como un deshollinador. Y creo que esta visión, en tanto Tania y yo tuvimos los mismos profesores, pudo haber sido la causante de la metáfora y la responsable de que yo me sintiera tan cercana a esa idea.

Y si alguna otra virtud tiene es que, además de lo dicho, Tania se atreve a convertir – ¡por fin! –a esos grandes y admirados intelectuales como Sartre, Simone de Beauvoir, Deleuze, Foucault, Badiou, y un largo etcétera, en personajes secundarios de una vida de verdad. El deshollinador nos viene a contar cómo es que esos tipos han convivido con nosotros.

Ese punto en el que el saber se mezcla irremediablemente con lo cotidiano, en el que el ingenio hila con finura y humor lo más querido y lo más sagrado, es, lo que, a mi gusto, Tania domina con total desparpajo.

¿Y de qué va todo esto? No voy a destripar la *novelita*, pero si voy a advertir que su punto de partida son los acontecimientos del Mayo Francés, del ambiente intelectual de entonces, como si fuera sacada de sus testigos directos. Explica cómo fueron concebidos los discursos que popularizaron esos acontecimientos y hace que volvamos a creer y si acaso a revisar aquellas reivindicaciones que un día nos llenaron de ilusión y nos dieron ánimos para continuar estudiando, discutiendo, haciendo parte de nuestra cotidianidad los asuntos intelectuales de envergadura. Lo que descubre Tania es el lugar en el que teníamos nuestra fe, y lo descubre de un modo sencillo: a través del recuerdo, de lo que no fue, del absurdo, del humor y de la ironía.

Además del deshollinador y sus amigos, yo diría que el personaje central es París. No podemos dejar de verlo en cada rincón del relato. Tania no se contiene en detalles de calles en la que hemos estado, o no, eso es lo que menos importa. Mediante un imaginario compuesto a partir de guías turísticas, películas, novelas y largos paseos de quien viniendo del Caribe tiene sed de entender sus orígenes intelectuales, Tania recompone un lugar mágico en el que es imposible sentirse incómodo, uno en el que todos deseamos estar o hemos estado alguna vez, aunque sea como transeúntes. Es inevitable toparse con Sylvie y su amiga venezolana en Notre Dame, no podemos dejar de ver al deshollinador y sus amigos en aquel café del Marais conversando animadamente una tarde de verano. Olemos el pan caliente que compra con su trozo de Gruyere. Para Tania no fue nada fácil deshacerse de los clichés, pero juega con ellos con gran sutileza e inteligencia y logra que dejemos atrás todo sol, toda lluvia y comencemos nuestro andar con el deshollinador, como si fuéramos una cámara oculta. Estamos detrás de él en la cola de la panadería esperando el turno, esta tarde tuve la sensación de que se había llevado el último trozo del queso que quería. Él y sus amigos nos han quitado una mesa en aquel restaurante de la Rue Rivoli.

¿Y quién a esas alturas no ha visto a Pulcrito pasearse en los salones de las galerías de París porque no se pierde ni una sola inauguración? Yo he escuchado sus reflexiones por absurdas que parezcan, en alguna línea de metro me ha llamado la atención Sylvie y sus ojos verdes que escrutan con su mirada todo lo que le rodea, yo he leído con toda seguridad, algún artículo de Valerie. Porque los personajes de Tania, los de carne y hueso, los que ella dibuja tan inequívocamente, tienen un poco de cada uno de nosotros, de gente que conocemos y allí es donde esta ficción se vuelve tan real.

Un día hablando con Tania sobre este tema que me apasiona, le dije que era lo que hacía que su *novelita* tuviera ese no sé qué, era el manejo que ella hacía de la ficción.

- Pero, la ficción ¿no es que todo sea mentira, o sea inventado?
- En efecto.
- ¿Y si todo es inventado, cómo puede ser eso una ventaja, porque la gente no es tonta y sabe lo que es mentira y lo que es verdad, ¿cómo puedo hacer para que la gente se lo crea?
- ¿Cuándo tú te crees algo, por qué te lo crees?

- Porque me convence, porque me gusta, porque me interesa, porque afirma alguna idea que yo tenía y la veo confirmada.
- Entonces, volvemos sobre el asunto de la ficción. ¿qué es lo que hace que una cosa sea ficticia? ¿El que sea mentira, el que sea inventada?
- Parece que ninguna de las dos cosas...
- Entonces, ¿acaso se trate de que a la gente le guste, le interese, le confirme alguna cosa en la que cree?
- Si, de eso se trata, que sea creíble, que nos haga sentir que es *como si* fuera verdad.

Ojo, este diálogo al estilo socrático, tal cual, nunca existió, pero si existieron muchas conversaciones sobre el asunto de la ficción –tema del que soy especialista– que apuntaba justamente a eso. Ya no trataba de la ficción de la novela, que es el enfoque más popular, sino de la ficción como la única manera que tenemos los seres humanos de entender la realidad. En ese sentido el deshollinador muestra su versión de los hechos sin alejarse de ellos y nos ofrece una mirada que bien podemos compartir sin llegar a sentir que es una imposición, en eso Tania ha sido muy respetuosa como autora.

Al deshollinador le molestan los escándalos de Hemingway, critica su obra, pero no lo conoce en persona, no habla con él, porque Tania no necesita cambiar la historia real para contarla desde la ficción. Es por eso que nuestros personajes se mueven en una realidad paralela que bien puede haber existido o existir aún.

Recuerdo que un día Tania me comentó que estaba muy preocupada por ese hecho, por cómo se integraba la historicidad real en aquella que ella misma estaba inventando. Yo le contesté que siempre hay la posibilidad de las miradas múltiples, un concepto heredero del perspectivismo nietzscheano y de las teorías historicistas de principios del siglo XX. Ella insistía que había cosas que no podían ocurrir en su relato. Yo insistía en el asunto de la credibilidad y le hablaba de Borges, por ejemplo. Yo no entendía por qué, pero ella estaba preocupada por el hecho de que, si quería hacer creíble la historia no se podía permitir ninguna pifia. No se trataba de cotejar la historia oficial sino la cotidiana, y soy testigo de que a todas las personas que ella conoce que le podían aportar algún detalle para la construcción de esa cotidianidad, ellas las interrogó pacientemente con su coloquial tono de: *¿y tú que has estado por...?* Con ello verificaba costumbres, temperaturas, música, itinerarios. Yo me reí un montón cuando hablábamos de las comidas del deshollinador, por ejemplo, hay cosas que un francés no se permite comer fuera de sus horarios, ¡un cruasán en la noche, jamás! Y por eso el deshollinador es tan real, porque con la ayuda de todos sus amigos, los reales de Tania, entre todos hemos colaborado a su construcción, a su verosimilitud.

Y no quiero dejar de lado en este corto prólogo (y antes de que se convierta en el libro antes del libro) otro de los atractivos del relato. Tania es pródiga en la geolocalización. Si alguno fuera a París y pudiese contratar el tour del deshollinador y sería totalmente posible. Podemos bajar a pie por la rue Moufetard en donde vive y coger el mismo metro que él. Atravesar los jardines de Luxemburgo, pasar por la plaza de Monge, subir por Saint Germain, y recordar en cada lugar lo que allí sucedió. Un París irreal cubre con su fantasía al París real que todos conocemos, por eso es tan fácil vislumbrar a Pulcrito entre la multitud, cosa que ocurre muy pocas veces por su fobia a los gérmenes. Tania describe un París sin ínfulas, lo ficciona como si fuera una autóctona y desde esa impostura nos acerca con una mirada que sólo ella puede tener y tiene a bien de compartir. Este recorrido lo podría hacer un parisino con el mismo descuido que lo haría un turista, no es un recorrido pretencioso es sencillamente parte de la vida del personaje, es el lienzo donde está dibujada toda la acción.

Dibujar imaginariamente los personajes no ha sido suficiente para Tania, por eso *El Deshollinador Ilustrado*, está ilustrado con unas caricaturas de la misma autora: otro guiño que no se nos puede escapar. ¿Es ilustrado por su debilidad ante el saber o porque sencillamente Tania ilustró su *novelita*? ¡Ah, eso si se lo dejo a usted, señor lector, para que lo resuelva! ¡Voilà!

La imaginación de Tania me ha hecho reír, añorar, volver sobre los libros, pensar en temas que tenía olvidados. Me ha hecho tener unos nuevos amigos, incluso preguntarme a veces porqué hace tiempo que no sé de Valerie o de Sylvie y qué será de la vida de Pulcrito. Con el deshollinador, ¡ah, con él sí que hablo a menudo!

Rayda Guzmán.

EL NIÑO QUE QUERÍA SER FILÓSOFO

Cada vez que entraba a una chimenea parecía sol de fiesta que dibuja el horizonte de la esperanza. Era él, el deshollinador. Mientras trabajaba, desencadenaba una armonía de gestos y borraba su cansancio de tanto hollín que respiraba. Así se sentía, como amo y señor de las chimeneas. "¡Soy el deshollinador más importante de París! - gritaba- este trabajo menor se ha levantado como el más prestigioso, entre muchos que he tenido. En todos los tejados de esta ciudad se conoce mi nombre: de la calle Rivoli a la calle Odeón, de la calle de Sèvres a la calle Royale, de la calle de Écoles a San Honoré y Didot". Así pensaba mi padre.

Hoy, sentado aquí en este tejado de la calle Odeón, lo recuerdo a él y también eso que -pasado el tiempo- sería mi gran interés: la filosofía. En esa época yo apenas tenía 6 años y solía pasar horas contemplando los tejados de París; horas en las que mi imaginación se desbordaba en lo que, mucho después, se convertirían en figuraciones sobre el vacío existencial.

Al finalizar su jornada, mi padre me sonreía con una calidez insospechada. Era de muy poco hablar. Luego nos íbamos caminando por las tienditas que bordeaban las calles.

Hasta donde alcanza mi memoria, no sabría explicar cuáles fueron mis inicios en el deleite de la filosofía. Lo que sí recuerdo con exactitud fue una tarde cuando oí, a través del orificio de una chimenea, que *el hecho de que yo exista prueba que el mundo no tiene sentido*. Siendo un niño, frases como ésta comenzaron a llamar mi atención, en las voces que salían de las chimeneas, así que empecé a escuchar con detenimiento, en vez de seguir regodeándome en la placidez de los cielos de París.

Aquí, en estos tejados, se iniciaron mis aventuras filosóficas, mientras acompañaba a mi padre. Esa frase resonó para mí como un destello y me marcó hasta tal punto, que siento que puedo ser dueño de todas las argumentaciones que me acompañan hasta este momento y que quizás lo harán el resto de mi vida. Más tarde descubría que esas palabras eran de Emil Cioran, un filósofo que pensaba que el mundo era un lugar lleno de sufrimiento.

A esos comentarios que escuchaba les prestaba mucha atención, mientras mi mente los acompañaba de una sucesión de emociones que yo envolvía en adjetivos, melodías verbales; todo un festín de palabras que me hicieron reconocer como hijo de una época de crisis metafísica, a la que más adelante le iré hilando todos sus síntomas. Eran frases que salían como bocanadas de esas chimeneas, cual rayos de sintaxis y destellos poéticos que llegaban a mis oídos con los aires de París. A veces creo que parte de esta adolescencia arrogante se debe a ello.

Sólo mi madre me hacía olvidar todos esos pensamientos convulsivos con los que llegaba a casa después de escuchar a esos filósofos, que al principio no sabía si eran cínicos o simplemente unos exaltados. La energía desbordante de mi madre, con el buen humor que la caracterizaba y su gran vitalidad, a pesar de las penurias económicas que había en casa, me hacía compararla con esos señores que conversaban con Cioran, quienes -a diferencia de mi madre, tan optimista- solían tratar de convencerlo de que eran más pesimistas que mucha gente, hasta más pesimistas que él. Por ello hablaban de la moral, la virtud, aderezando sus comentarios con textos de Nietzsche. En cambio, mi madre me envolvía en una atmosfera cálida y fragante, con su simpleza, su escasa educación.

Fui creciendo como un joven presuntuoso, tal vez porque cada vez que escuchaba a esos filósofos insultar a la moral, a la ética, de diferentes formas, gozaba. Al llegar a casa, la presencia de mi madre – consintiéndome- me hacía aterrizar. Allí estaba el talento de esa mujer, lograr discernir lo bueno de la existencia donde otros no ven más que problemas. Algo que demostró, sobre todo, cuando mi padre murió y ella y yo quedamos solos. Me sorprendió y me dijo: "Basta de rezos y lamentos, hay que seguir adelante, continúa con el trabajo de tu padre".

Aún se me llenan los ojos de lágrimas cuando recuerdo a esa mujer valiente que me educó para la vida, mientras yo teorizaba sobre ella bajo las escuchas de esos sabios pensadores.

Hoy sigo aquí, en este tejado de la calle Odeón, y afloran en mi memoria sensaciones, y algunas citas olvidadas de aquellos a quienes día a día escucho. Recuerdo aquel primer día que oí a Cioran y a sus amigos conversando, nombraban mucho a Nietzsche e insistían en que la virtud consistía en seguir el juego de la verdad, por ello lo *no-dicho* cobra importancia, es decir, una vez que esos discursos salen de la órbita del poder, emergen como verdades que antes estaban ocultas, y surgen nuevos discursos u otros que fueron reprimidos.

Al hilo de las evocaciones de esos grandes escritores, mi espera agitada en los tejados se hacía interminable, sólo para escuchar de ellos el sonido de las hojas en blanco y luego oír lo que en ellas escribían. Me encantaba la elocuencia de sus cóleras, aniquilando a la gente con sus adjetivos. Creo que eso fue formando en mí una personalidad con un pensamiento inmoderado.

Un día, sorpresivamente escuché sobre la muerte *de Dios,* y yo, que a mi corta edad no entendía muchas cosas, quedé aún más confundido. ¿Cómo es eso que Dios ha muerto? ¿Acaso ya no hace siglos que murió crucificado?

A partir de allí sólo el tiempo tendría las respuestas a todas mis interrogantes y empezaría a reducir mis perplejidades. Fue, entonces, cuando entendí que se relegaba a Dios de los asuntos humanos, simplemente porque ya no era de utilidad.

Seguía a la espera de la escucha, cada vez más ansioso, sobre todo en primavera cuando los días comienzan a alargarse y sólo el deleite de contemplar esos verdes suaves de las avenidas me calmaba, con sus árboles llenos de hojas.

Cuando llegaba el otoño, con su explosión de tonos muy ocres, mi pensamiento, mis sentimientos, me asaltaban transitoriamente, acortándose como esos días llenos de sombras. Así, mi cuerpo quería liberarse para continuar impregnándose de lo nuevo que escuchaba cada día, de esos hombres tras las chimeneas; sintiendo la tenue luz de los faroles posarse sobre las alfombras de hojas secas. Oh ¡que deleite!

En invierno, en cambio, una fina capa de hielo cubría con su manto blanco los tejados, por lo que mi presencia allí no sólo estaba expuesta al frío, sino al devenir.

Hoy, en esta tarde de verano y con el sol golpeando sobre las terrazas de los cafés, a mis 12 años, me encuentro en los tejados de Saint Michel. En esta época del año no se limpian chimeneas, pues, hasta el mes de mayo se deshollinan. Por supuesto, mucha gente debe estar de vacaciones. ¡Caramba! ¿Será que nadie hablará de filosofía? Bueno, igual me quedo mirando a la gente desde las alturas, así puedo observar la diversidad de cafés y restaurantes. Veo también los Jardines de Luxemburgo, en donde las meriendas al aire libre se multiplican para esta fecha.

No hay nada mejor que ver la ciudad plegarse a tus deseos. Qué maravilla adentrarse en esos vericuetos misteriosos, con ese sentimiento de júbilo de tener todas las vistas a tu alcance y escuchar en cada chimenea la palabra que se hace metáfora en la boca de algún poeta. Me doy cuenta de que el destino de mi pensamiento lo encontraré en los tejados de París. Mi pasión por la filosofía es inevitable, bajo su influencia mi vocabulario, atípico y un poco extravagante, forma parte ya de mi espacio y de mi intimidad.

Después de una alegre comida decido ir a la avenida Parmentière a husmear en las chimeneas. Alguien me dijo que por allí viven algunos filósofos. En el trayecto, de unos cuantos minutos, puedo contemplar el río Sena con sus cientos de turistas, bajando y subiendo del *Bateau Mouche* para mirar los sitios turísticos más conocidos de la ciudad.

Me detengo en una panadería para tomar un café y sigo mi camino. Una vez en la chimenea, oigo a un hombre y a una mujer discutiendo sobre filosofía. No puedo identificar quienes son, pero mencionan algo respecto a la *nada*. No sé, no se oye bien…Será tarea investigar quiénes son y de qué hablan.

LO INEVITABLE

Después de un largo rato de estar subido en los tejados, llego a mi apartamento en la calle Moufetard a degustar mis libros, que ya son bastantes. Esta calle en la que vivo tiene una larga pendiente que, cuando niño, aprovechaba para lanzarme en una especie de carretón, con las dificultades que implica el hecho de ser una calle empedrada. Por eso es que se le llama al mercado la *"mouffe"* que va desde la plaza de la Contrescarpe y termina cerca de la iglesia de Saint-Medard. Además, tiene vista a bellas casas antiguas y, algo muy placentero, está cerca de una gran biblioteca de cuatro pisos. ¡Imaginen semejante regalo! A eso le sumo que estoy sólo a pocos pasos de El Panteón, un monumento que hace de guardián de la memoria francesa. Algunas veces voy allí a imaginar que juego con el pensamiento de Rousseau, Voltaire, Víctor Hugo, Emile Zola.

Hoy es mi día de descanso, asomado a mi ventana veo una camioneta detenerse frente al restaurante Labroutte que se encuentra en la planta baja de mi edificio. Dos empleados bajan cajas de vinos, quesos y otras exquisiteces. Eso me hace pensar que casi toda la historia de la humanidad se resume en esas grandes comilonas, festines, borracheras, pero también aprendí que después de beber tanto vino viene la resaca, así que, por ahora, prefiero alejarme de los placeres del cuerpo -que a fin de cuentas era lo que promovían los epicúreos- y seguir deleitándome con mi existencialismo.

Se asoma la mañana y con ella el goce, no de limpiar chimeneas, sino de escuchar a través de ellas. Voy de nuevo a la avenida Parmentière, ya descubrí que Sartre vive allí. En estos últimos días me he dedicado a investigar las direcciones de muchos filósofos, deshollinando a veces hasta de gratis.

Ya en la chimenea, mi oreja comienza a ponerse en sintonía. Agudizo aún más mi oído, percibo una voz muy débil, delicada y frágil, aunque firme. Creo que es la misma Simone de Beauvoir, quién habla con Sartre acerca del libro *Crítica de la Razón Dialéctica*, que éste está a punto de publicar. Estamos a finales de los años sesenta.

El debate acerca de la *Existencia* como base de todo, precedería los discursos sobre el tema. El libro sobre la razón dialéctica trata sobre la antropología estructural e histórica, pero centrado en la comprensión de lo humano, la base del *Existencialismo*, lo que se conoce como la dialéctica fenomenológica del *Ser* y la *Nada*. Aquí Sartre hace énfasis en el poder revolucionario, ya que considera, y así se lo dice a Beauvoir, que el poder individual y la libertad sólo pueden recobrarse a través de la acción revolucionaria colectiva.

La discusión de los dos gira en torno a cómo podía surgir la contradicción entre el *Existencialismo* y el *Marxismo*, ya que el existencialismo es lo personal y el marxismo se opone en pro de lo social. Sartre grita en medio de la euforia que le produce el alcohol -porque entiendo que también es un apasionado de la bebida- que *en ningún momento se va a sacrificar la concreción del objeto,* la existencia, e insiste en que cuando escribió el *Ser y la Nada*, en 1943, consideraba que la *Nada* a la que él aludía constantemente no *es complemento del ser, sino lo constituyente de lo real.*

Yo, que había leído *Ser y Tiempo* de Martin Heidegger, pienso que ese texto de Sartre, *El Ser y la Nada*, es una visión muy personalizada de la filosofía existencialista de ese teórico alemán.

Sartre sigue gritando: *la existencia precede la esencia,* y eso me hace recordar el *Dasein*, que para Heidegger *era estar en el mundo*, estar familiarizado con un contexto de referencias.

Escuchar este tipo de frases es extraordinario, es adentrarse en el templo de la filosofía a través de las chimeneas. Sé que la filosofía se aprende en el Ágora o en un aula, pero yo, con gran júbilo, lo hago en las chimeneas, donde todas esas palabras, ideas, referencias, están a mi alcance. Sartre, quien a menudo cita a Heidegger, me enseña que todo acto de conocimiento no es más que una interpretación de esa familiaridad con el mundo, y que a eso se le llama comprensión.

No pocas veces siento escalofríos cuando escucho los pasos quedos de muchos escritores, a quienes husmeo por sus chimeneas. En esos momentos no soy nadie, pero a la vez lo soy todo. Si yo había podido llegar a esas escuchas, eso garantizaba mi legitimidad.

Cuando detecto a tientas los murmullos de los que hablan abajo, mi oído se desliza para dejarse atrapar por un poema, una frase, una queja, tomadas a veces al azar. Cito algunas, por ejemplo, *como todos los soñadores, confundí el desencanto con la verdad; lo importante no es lo que han hecho de nosotros, sino lo que hacemos con lo que han hecho de nosotros.* Ese es Sartre.

En estas visitas a las chimeneas, mi capacidad de concentración alcanza la nota más alta. Así entiendo que lo que para Sartre es el *Ser* y la *Nada*, en Heidegger es *Ser* y *Lenguaje*, y que cuando se refiere a estar en el mundo, es estar familiarizado con ese mundo, pero sólo en la medida de no estar más ahí, por lo que a la vez que hay un fundamento tiene que haber también ausencia de fundamento, que es lo que Heidegger llamó el *Acaecer del Ser*, donde ese *Ser* tiende a identificarse con la *Nada*, con los caracteres efímeros del existir.

Ya cae la tarde, estoy hambriento, me voy a casa. Mientras descanso rememoro los diálogos que he escuchado. Unos gritos se superponen a mis recuerdos. Ese Ernst Hemingway, que va borracho otra vez y arrasando con lo que encuentra a su paso, despotricando de todo, hasta de sus hijos, de su mujer, de sus amantes, incluso hasta de su obra. Los años y el alcohol han desmejorado su carácter, y cuando viene de visita a París se pone peor. Hoy es uno de esos días.

Salgo de casa para ir a comprar unas *baguettes*. Cerca está la plaza Monge. Me encuentro con Sylvie y Valerie, dos amigas de infancia. Valerie tiene el pelo rojizo y pecas en la cara, y quiere ser periodista, y Sylvie, por el contrario, de pelo amarillo como el sol y ojos verdes, desea ser pintora. Les comento que no me gusta ese Hemingway ni su prosa romanticona y nostálgica, no va con la onda existencialista en la que estoy. Reparo que, muy próxima a la plaza, hay un pequeño edificio que tiene un rótulo en la fachada que dice "Escuela Socrática" y decido que mañana husmearé por su chimenea.

LA ESCUELA DE LA IRONÍA

Pasada las tres de la tarde me dirijo a la plaza Monge para ir al edificio que había visto ayer, pero antes me detengo en el mercado que siempre colocan en la plaza, con los ricos productos que exponen al aire libre, allí compro unas frutas para merendar mientras estoy por los tejados. Me acerco al edificio y, ya acomodado en mi chimenea, me percato de que hay un grupo de personas. Discuten acerca del poder y el humor como una especie de lucidez que vivimos en este siglo XX. Dicen que la tonalidad de lo cómico ya no es sarcástica, sino lúdica; que es un humor desenvuelto, donde no hay ni burla ni crítica; es un humor generalizado y desenfadado, y no aquél del clásico, que se oponía a las normas serias, a lo sagrado, al Estado.

La discusión se remonta a la edad clásica, y alude a la descomposición de la risa a partir de esa época, dando paso más bien a géneros de literatura-cómica que cada vez se alejaban de la tradición grotesca. Mencionan, por ejemplo, que esa risa sarcástica empezó a ser desprovista de sus excesos bufos y groserías para reducirse a la agudeza, a la ironía pura. La risa bufa nada tiene que ver con el existencialismo moderno. Aquí paré la oreja, ya que han tocado mi tema favorito. Los que hablan abajo señalan que la risa del medievo sólo tenía que ver con el estallido de la carcajada que se burlaba de lo serio. Así argumenta uno de ellos, y menciona que fue Diógenes el primer filósofo que se conoció como un moralista provocador, quién aprovechó todas sus competencias filosóficas para satirizar a sus colegas serios.

También me entero que Diógenes había escogido como domicilio un tonel. Eso me gustó, ya que, si él escogió un tonel como vivienda, pues mis chimeneas como escenarios de encuentros filosóficos, no están nada mal.

Diógenes tomaba como objeto sarcástico las torpezas humanas y de alguna manera esa aparición de Diógenes (no en el tonel) coincide con la disolución de la *polis,* que mantuvo al hombre atado a su carácter de ciudadano, una disolución que remarcaba la decadencia de esa comunidad urbana ateniense. Es un deslumbramiento toda esta conversación que estoy escuchando.

¡Se me hizo tarde! Esta escucha franqueó definitivamente mi entrada a la filosofía. Estos conceptos e ideas (muchos, incomprensibles para mí) que hoy escucho, y que he venido oyendo en todo este tiempo, me han dado una inteligencia para entender sentimientos. Yo no sé mucho de las cosas del mundo, pero todos estos discursos filosóficos me familiarizan con los sentimientos de lo que pasa en esta vida. Nada de eso altera mi razón, puesto que apenas se está formando, pero ésta se llena de ideas extrañas acerca de la existencia. Me voy a casa, ya es de noche. Sigo extasiado con esa personalidad de Diógenes, tanto, que cuando llego no me molestan los gritos de Hemingway, quién está más borracho que nunca.

Diógenes -pienso yo en mi cama– era un filósofo emancipado, libre de las ataduras de la comodidad, que rompió con la opresión. Para él, la vergüenza era un factor de los conformismos sociales, por eso no le importó mear, defecar, masturbarse, en el Ágora ateniense. Me quedé dormido pensando en ese Diógenes desprendido de goces materiales y que hacía reír con sus sarcasmos.

Me despierto temprano y todavía pienso en todo lo escuchado sobre la sátira clásica. Sin tomar mi desayuno llamo a Sylvie para que me acompañe a Los Jardines de Luxemburgo; la recojo en su casa y nos vamos caminando. El cielo deja asomar el sol entre las nubes, es un mes de abril hermoso. En el camino le comento a Sylvie lo que escuché y le explico sobre esa risa burlona del clásico que se daba en una sociedad basada en valores reconocidos, y que hoy día se va sustituyendo por un humor más desenvuelto. Sylvie me pregunta acerca de esos intelectuales que yo había leído, y si buscaban lo mismo del clásico.

— ¿Buscaban la abstinencia material?

— Por el contrario –le respondí– creo que muchos buscan el confort y quieren reservarse cierto prestigio filosófico.

Llegamos a Los jardines de Luxemburgo. Cerca está el museo que expone la obra de Marcel Duchamp. La gente pasea tomando helados; otros prefieren sentarse en el césped. Hay esculturas de poetas, escritores y sabios de la antigüedad por todas partes. Mirando esas figuras me digo: *y pensar que toda la crítica filosófica tiene su herencia en esa gran tradición satírica, cuyo motivo fue mostrar el desnudo de las cosas.*

Entramos, muy entusiasmados, al museo a ver la exposición de Duchamp y el Anti-arte. Mirando todo aquello iniciamos una conversación:

- Sylvie, ¿esa comicidad de las obras expuestas no se nutrirá de sí misma? –ante su cara de interrogación le insistí– ¿Acaso no crees que se trate de una comicidad vacía?

- Puede ser… – me responde– ya que el arte se integró al humor en todas sus formas. Ahora sólo es un juego de palabras, ¿sabes? Se trata de una especie de humor desprovisto de cualquier distancia jerárquica. Es un humor que proviene de la propia reflexión.

Sylvie habla con mucha propiedad, yo la escucho fascinado.

- Lo cómico serían las situaciones absurdas que el mismo humor genera– agregó. A lo cual respondo:

- No es como el humor del clásico, en el cual existía un espacio donde todo lo elevado, todo lo espiritual o ideal se parodiaba en la dimensión corporal e inferior (comer, beber, digestión, vida sexual). Se trataba con este tipo de parodias de ridiculizar, rebajar, blasfemar, injuriar. Sylvie simplemente asiente con la cabeza y me guiña un ojo.

La gente que está en el museo, mientras, miran las obras expuestas y las comentan en un tono intelectual. Hablan del suelto artificio de la propuesta, así como de la hiperconciencia que se ve en ella. En una de las muestras, dice un señor bien ataviado y con cierto aire de sabiduría: *en esta obra de Duchamp, yo noto algo de narcisismo y un toque libidinal.* Esto me incita a reflexionar y a pensar en lo que yo había escuchado de los sátiros el día anterior.

- Pareciera – le digo a Sylvie – que la risa se ha disciplinado, pues empezó a considerarse baja e indecorosa, tonta, e incluso obscena, por lo tanto, las tonterías ya no hacen reír, sino que se banalizan.

Hay como una especie de control tenue, ejercido sobre las manifestaciones del cuerpo. ¿Empezó allí a ejercerse poder sobre los hombres? Creo que ahora me interesa investigar acerca del poder y sus formas de disciplinación.

Acompaño a Sylvie hasta su casa y me voy a pie hacia el bulevar Saint-Germain. Me invade un súbito deseo de subir a un tejado para observar a la gente que deambula por allí. Es un lugar fascinante que invita a recorrerlo, a exhibirse o a ver a algún famoso de esos existencialistas que frecuentan el café de Flore, con Sartre y Simone de Beauvoir a la cabeza, o de los surrealistas, asiduos al café Deux Magots como André Breton y Dalí.

De pronto veo a un señor, bastante viejo, ataviado con levita y boina, muy cerca de la fuente de Saint-Michel, que grita cosas incoherentes, aunque con cierto tono de sabiduría, gesticula, grita y ríe; los presentes, a su alrededor, lo miran sorprendidos, y siguen su camino como si nada. Evoca la vieja imagen de Diógenes, quién en el ágora ateniense gritaba, vociferaba groserías e insultaba, haciendo reír a carcajadas a todo el que pasaba a su lado. En cambio, este señor de levita, no sé si loco, no sorprende a nadie.

Pienso que este París de los años sesenta ya vivió sus momentos escandalosos en los años veinte y treinta, sobre todo con los movimientos que se gestaron en las vanguardias históricas de principios de este siglo XX. Ellas, a través de su arte, impusieron el elemento sorpresa, el sobresalto, la conmoción, fue una especie de estética del desagrado y la provocación.

Nuestro amigo de la levita, gritando ya no hace reír a nadie, ni mucho menos conmueve. Creo que el cínico de hoy, a diferencia de Diógenes, de Sócrates, perdió su mordacidad. Me da la impresión de que ese señor evoca un tipo de pesimismo ilustrado. Qué lástima que el viejo estuviese empleando los recursos de su inteligencia en algo tan vano, en un París que ya denota rasgos de crisis existencial, en donde la individualidad va perdiendo su mordacidad y pasa a ser un fenómeno de masas. Por eso el bulevar permanece lleno de todo tipo de espectáculos: músicos, títeres y teatro, entre otros.

El bulevar Saint-Germain supuso en su momento toda una innovación urbanística. Las viejas callejuelas empedradas fueron sustituidas por este paseo, más amplio y moderno, que permite a todo el mundo, ricos, pobres, artistas, acercarse más a la ciudad. Todo en un proceso de modernización cuyo máximo exponente fue el espacio urbano, representado por este bulevar y sus grandes tiendas de comercio, así como por todos los otros que se construyeron en París, lo cual permitió a los pobres descubrir la apariencia del resto de la ciudad y de la vida mundana, de la vida urbana. Se puede decir que la urbe perdió su inocencia, su ingenuidad, abriéndose a todo tipo de comercios, de personas, de turistas.

Desde mi tejado veo músicos, bailarines, pobres, ricos, gente común, algunos de ellos con un semblante carente de alma, o indiferentes a lo que los rodea. Otros muestran cierta extravagancia con un dejo de vacío, y hay quienes, por el contrario, reflejan una existencia más convencional. El estilo ligero e impertinente de los parisinos, que observo desde aquí arriba, denota más el encanto de esa decadencia que vino después de la Segunda Guerra Mundial. La actitud provocadora de antes de la guerra ha pasado. Ahora es una especie de proclama al vacío. No en vano el existencialismo es el tema del día.

Pasan las horas y aún escucho el eco lejano de la risa del viejo con levita. Advierto que no he comido nada en todo el día; ya son pasadas las siete de la noche cuando he de bajar a comer.

Decido adentrarme en una de las callejuelas del barrio Saint-Michel. Allí me tropiezo con un joven un poco mayor que yo. Tendrá unos 16 años. Me sorprende que con el calor que hace lleve guantes y una bufanda que le tapa la boca. Le pido disculpas por haberlo tropezado, me dirige un "no se preocupe" algo nervioso. Más adelante lo encuentro de nuevo, me le acerco y entablo conversación con él. Es un poco arisco, pero como hago alarde de mi prosa, me presta atención.

Me dice que se llama Pulcrito y vive en Porte de Lilas en la calle Gabriel Faucher, casa número 25.

Ese barrio, un poco alejado del centro de París, es muy tranquilo y agradable. Lo conozco bien, solía acompañar a Sylvie a visitar a su vieja amiga Martina Coffre, una linda *hippie* que contaba historias muy divertidas de sus andanzas por el mundo. Me explica Pulcrito que lleva guantes y bufanda porque les tiene fobia a las bacterias.

Él es un desempleado que se las arregla para sobrevivir, toca su guitarra en algunos bares, lee poesía en centros turísticos. Me dice que su obsesión por la pulcritud le viene desde muy pequeño, cuando a su madre le dio una especie de amnesia doméstica, por lo que él tuvo que ocuparse de la limpieza de su hogar. Yo lo único que pensé fue, no será más bien que se tomó muy en serio esos gritos de nuestras madres cuando nos dicen a cada rato: ¡muchacho, recoge la cama! ¡Muchacho limpia la mesa! Me cuenta también de sus frecuentes depresiones y sus visitas al siquiatra. Este es el inicio de la amistad entre Pulcrito Delacroix y yo.

MAYO DEL 68 ¡ABAJO LA RAZÓN!

Digamos que estamos viviendo toda una crisis al interior, y también en el exterior, de los temas filosóficos, sociológicos, y humanísticos, en general, que tienen que ver con la crítica de ese discurso predominante que es el estructuralismo. Empieza un malestar por ese tópico imperante y ya las críticas están en el ambiente. Esa crítica basa sus argumentos fuertes en considerar que esta tendencia muy anclada en la academia y, por ende, en los discursos que circulan como saber predominante, son reaccionarios y antidialécticos.

Al escuchar mis propias palabras encadenándose unas a otras y ante las miradas inquisidoras de Sylvie, Valerie y Pulcrito, sigo hablando e intento explicar lo del estructuralismo como línea de análisis en la academia, pero mis amigos siguen con sus caras de interrogación.

–   Te conocí hace 8 años y desde entonces no haces más que hablar de filosofía, tu obsesión es casi igual que la mía con las bacterias, no quiero ni imaginar a Sylvie y Valerie, que te conocen desde niño, pero bueno, responderé a tus reflexiones – me dice Pulcrito.

–   El Estructuralismo como idea se ha convertido en un fenómeno ahistórico, donde el lenguaje ha quedado aislado de la propia acción de los sujetos que hablan, el sujeto es hablado por los discursos – acota.

Valerie, atenta a nuestra conversación, ya que dice que Pulcrito y yo a veces discutimos cosas interesantes, nos pregunta:

–   ¿Y cuál es el papel de la academia en esa discusión?

Esto es de interés para Valerie pues está escribiendo un artículo sobre educación y poder para el diario *Le Figaro*, donde trabaja como periodista. Ante la pregunta, Sylvie, que está absorta pintando una tela y aparentemente no prestaba atención, vocifera:

- ¡Hay una hegemonía del conocimiento que cada día es más técnica y burocrática…sólo la imaginación y las artes pueden sacarnos de este atolladero!

Con este tipo de discusión continuamos la velada en el taller-dormitorio de Sylvie. Celebramos mi cumpleaños número 20, es un 9 de abril de 1968. En este momento hay un clima intelectual en París, que está a punto de convertirse en tragedia cultural, se siente en la gente, se respira en el ambiente. Me siento un poco incapaz para explicar lo que pasa, debido a la dificultad que tengo de describir a las personas. Estar subido en los tejados, escuchando a través de las chimeneas, me lleva más bien a imaginar la vida interior de la gente, pero bueno, eso se percibe en todas partes, se escucha en las calles, y casi se grita, que la reflexión cada vez se degrada más.

- Ni siquiera el humanismo puede tomar de la cultura científica elementos para reflexionar sobre ello. Y todo eso ¿por qué? Por ese empeño de neutralidad de la ciencia, y ese querer oponerse a toda ideología; eso hace que cada día la ciencia se separe más de la vida cotidiana. De allí proviene parte de ese malestar – acota Pulcrito, quien acababa de salir de una de sus crisis.

Sylvie nos propone ir a tomar unos vinos y a comer unas *crêpes* en el bar Le Tire Bouchon, tres edificios más abajo de su atelier, en la calle Norvins, aquí en Montmatre. Este bar es muy frecuentado por pintores y poetas, algunos de ellos amigos de Sylvie. Así que nos vamos a terminar de celebrar mi cumpleaños.

Entramos al bar donde se escucha una melodía, es la canción Non, *Je ne regrette ríen* de Edith Piaf. La canta Nicola Legrand, un cantante amigo de Sylvie, con Roland Brunot al piano. Ya con las copas en nuestras manos, brindamos por la recuperación de una experiencia existencial, por una recuperación de la vida cotidiana.

- Para ello ¡*habrá que recuperar también las condiciones socioculturales de la subjetividad!*, –grita desde otra mesa un sociólogo anarquista que frecuenta mucho este bar. Después de muchos tragos, risas y comentarios, ya un poco cansados nos despedimos, acordando vernos pronto.

Han pasado más de quince días y no se ha sabido nada de Pulcrito. La última vez fue en el Tire–Bouchon. Seguramente estará aislado huyendo de las bacterias, o en una de sus crisis depresivas. No sé porque recordé a Sartre y al Ser y la Nada, y los asocié a Pulcrito, será porque él siempre anda diciendo "*a veces me siento como llevado a la Nada, incluso a algo menos*", a lo que Sylvie siempre le responde, a modo de interrogación, ¿y si haces el recorrido en sentido inverso no crees que puede desaparecer ese andar tan derrotado?

Me voy a buscarlo en los bares y cafés de Montparnasse que acostumbra frecuentar. En el café Indiana finalmente lo encuentro. Ahí está, hablando con unos conocidos acerca de la manera correcta de ser pesimista. También les dice que él reconoce ser un caso límite del melancólico: *pero lo que me molesta de esos psiquiatras a los que he ido, es que aparte de mantener bajo control mis síntomas depresivos están empeñados en que yo sea laboralmente capaz*, termina diciendo. Yo pienso que definitivamente Pulcrito encarna la propia personalidad de un sujeto que se entrega con vehemencia a sentimientos insostenibles, por eso nos seduce y exaspera al mismo tiempo.

Así, en medio de la conversación, les comento que el pesimismo en el que cae la gente es síntoma de una sociedad donde los fenómenos que suceden a diario son aislados entre ellos, con un sentido oculto, y las claves de lectura para comprenderlo están poco claras, ya que los discursos imperantes se alejaron desde hace bastante rato de lo cotidiano. Y eso precisamente es lo que critican en este momento estudiantes y algunos profesores de la Sorbona, así como filósofos y poetas existencialistas, alegando que hay una crisis de la civilización burguesa, y ni siquiera el Marxismo como corriente de pensamiento revolucionario es capaz de explicarla, mucho menos de ofrecer alternativas, de lo que se deduce que también se cuestiona al Marxismo.

Hoy es 3 de mayo y todavía siento el olor a primavera. Me encuentro en un tejado del Barrio Latino contemplando las nubes. Algunas parecen de algodón y otras son de contornos cambiantes que se mueven rápidamente entre ellas como queriendo huir, parece como si algo intuyen, porque de pronto escucho gritos y comienzo a ver la violencia desatada por un grupo de estudiantes que vocifera que la policía está desalojando la Sorbona.

Al final de la tarde escucho que hay más de cien heridos y aproximadamente quinientas detenciones. Tengo rato mirando como esa violencia se va extendiendo por todas las calles del Barrio Latino y me detengo a pensar que ese clima enrarecido que comenzó meses atrás, de alguna manera ha explotado. Cansado, voy a la casa y me duermo preocupado.

Hoy la situación no mejora, por el contrario, se agrava, se suspendieron los cursos en la Soborna y los sindicatos y obreros convocan a huelga general. Angustiado por la situación me reúno con Valerie, quien cubre las noticias de esos acontecimientos. Me comenta que los tribunales han condenado a cuatro años de cárcel a cuatro estudiantes. También me dice que está inquieta por Sylvie, pues metida en esas protestas está comprometida con esos disturbios, es una de las que pinta grafitis en las paredes de los edificios. Le prometo que no me voy a despegar de los tejados del barrio en estos días turbulentos, para tratar de observar lo que pasa.

Es así como he llegado el 6 de mayo, conmocionado, mirando las batallas campales en Saint Michel, que dejan más de seiscientos estudiantes y trecientos policías heridos. Hay más de cuatrocientas detenciones. En medio de la violencia, puedo divisar a Sylvie en una callejuela pintando en una pared: *El arte ha muerto. Liberemos nuestra vida cotidiana.* Cuando la iba a llamar, un grupo de estudiantes bloquea la calle y ella desaparece con ellos. Bajo a buscarla, pero es inútil, prefiero irme a casa.

Inquieto por todo lo que pasó, me levanto temprano y me voy directo al Barrio Latino. Siguen las protestas. Logro escuchar a la gente que corre por el bulevar, que más de treinta mil estudiantes cantan la Marsellesa en la tumba del soldado desconocido. ¡Off! este es un 7 de mayo glorioso y conmovedor. Pero no para todos, el pregonero que vende periódicos grita y repite a cada momento que el ministro de educación anuncia que no abrirá las facultades, provocando más disturbios en la zona.

No he dormido en días trepado en estos tejados, viendo como queman autos y colocan barricadas en protesta por el cierre de las facultades. Todo ello ha provocado que París amanezca hoy con una huelga general, es 11 de mayo. Exhausto y sin haber dormido voy a casa a tratar de descansar, no sin antes saber de mis amigos. Pulcrito, desaparecido totalmente; Valerie, cubriendo noticias; y Sylvie, por su parte, haciendo de las suyas en las protestas y pintando pancartas.

Después de dos días, Valerie me llama y me dice que los estudiantes están por todas las calles de París y han tomado la Sorbona. Ya han pasado varios días y nada ha cambiado, se estima que diez mil trabajadores están en huelga, lo que provoca que Charles de Gaulle, hoy 24 de mayo, anuncie un referéndum. Así las cosas, las protestas no paran, hasta que Radio France y Televisora Estatal se declaran en huelga, lo que hace que sindicatos, empresarios y gobierno alcancen un acuerdo y, finalmente, Georges Pompidou, primer ministro, acepta la renuncia del ministro de educación.

¡Qué mes de mayo tan convulsionado y agotador! ¡Hasta de la filosofía me olvidé! Sólo recuerdo a Sartre y a Simone de Beauvoir a la cabeza de las protestas, nunca los vi quemando carros, creo que no es su estilo, por lo demás la controversia entre quienes estaban a favor de las protestas y en contra, sigue latente. Solo hay que esperar.

LA IMAGINACIÓN QUISO TOMAR EL PODER

La imaginación al poder, despierto sobresaltado con esta frase. Ya la revuelta del Mayo Francés ha pasado. Esa consigna, que aún retumba en mi cabeza, me hizo pensar en lo que significó esa protesta. Me remonto a esos días, empiezo a tener conciencia de que algo pasó, hay en mí como una cierta sensación de lo que viví y de lo que vivieron otros. ¿Qué significó ese mayo?, me pregunto.

Cuando recuerdo la frase *la imaginación al poder,* la contrasto con el ambiente lleno de zozobra y vacío. ¿Dónde está esa imaginación? ¿En lo poético? ¿En el alma de algunos artistas? Se trataba de que la imaginación llegara a las cosas reales y sencillas, esa fue una de las causas por las que estalló el Mayo Francés, así me aferro a la idea de que el orden ilustrado al que los parisinos están acostumbrados los tiene aburridos.

Me levanto y voy directo a tomar mi desayuno en un café cercano a casa. Siento que cada día me gusta más esta calle donde vivo, es tan pintoresca, ¡tiene un mercado con todos los sabores de tierra francesa! Esta calle es muy famosa por sus comercios a la antigua, por ejemplo, La Bonne Source, en el número 122, existe desde 1522.

Mientras desayuno un café tipo italiano y un panini de atún, la frase vuelve de nuevo a mi cabeza: *¡la imaginación al poder!,* al igual que otra que había leído en una pared: *olvídense de todo lo que han aprendido. Comiencen a soñar.* Esas frases, junto a otras que había leído en los grafitis o escuchado en las protestas, me hacen concluir que la gente se sentía aburrida de la Razón, esa Razón que empezó a imperar desde la Revolución Ilustrada. Sí, porque definitivamente esa Razón que sustituyó a Dios, se convirtió en un dispositivo cultural.

Como si esto fuera poco, y para más señas, pues de eso se trata, debo añadir que esa Razón, al igual que la Religión anteriormente, se convirtió en un marco significativo, allí conviven los conocimientos y los saberes que se despliegan en la sociedad. Vuelvo a mis días de infancia y veo la hilera de libros y a mis padres diciéndome que estudiara para que fuera alguien en la vida. Nunca entendí hasta ahora qué era "ser alguien en la vida". Basta ver que significa la Razón, y se entenderá cómo te conviertes en "alguien en la vida"

Sigo empeñado en analizar cómo esa Razón ilustrada se fue convirtiendo en lógica disciplinaria en cada área de lo social, obteniendo cada vez más legitimidad. Lo que algún académico llamaría en un tono majestuoso *legitimidad epistémica*, argumentando que esa lógica del conocimiento es la que prevalece. Esto me lleva a recordar a mis vecinos cuando hablaban de médicos e ingenieros, en relación al deshonroso trabajo de carpintero o electricista. Me doy cuenta de como los saberes emanados de las Universidades se fueron jerarquizando, distribuyendo, de acuerdo a las posiciones sociales; se reprodujeron en atención a las necesidades de la sociedad de consumo, emergieron debido a los adelantos tecnológicos. ¿Todo esto en atención a qué? A la racionalidad que subyace, o lo que es lo mismo, a la Razón moderna.

De modo que, ante esa Razón que gobernaba el desempeño de teorías, métodos, conceptos, categorías, no es de extrañar que los primeros inquietos con esta lógica disciplinaria fueran los estudiantes, profesores y algunos distinguidos filósofos.

Termino de desayunar y me voy de paseo por mi calle. En la esquina Port-de-Fer veo, como siempre, la pequeña fuente en honor a María de Médici, que data del siglo XVIII. Sigo caminando y más adelante diviso el restaurante Au Vieux Chêne, muy centenario. Eso me hace preguntarme si serían tan viejos como la vieja centralidad de la Razón Ilustrada y su pretensión de ordenar el universo. Yo creo que una de las claves del asunto está en el concepto de orden. Todo ha devenido discurso, hasta el lenguaje, portando prácticas recurrentes que llevan contenidos específicos, así como rasgos lingüísticos caracterizados; articulando conocimientos y saberes en ámbitos muy acotados de la sociedad (discurso médico, discurso político, etcétera).

Este Mayo Francés que me ha tocado vivir, representa para muchos de los intelectuales que yo escucho en el Barrio Latino, el eclipse de esos grandes paradigmas de la Modernidad. Ellos, al igual que la corte de estudiantes que los acompañan en el barrio, opinan que lo que enseñan en las universidades representa la muerte de esos grandes paradigmas, lo que implica un ablandamiento de las bases que fundaron la Razón Ilustrada. En la vida cotidiana, se traduce en estrategias de poder que se cruzan por intereses de actores sociales.

Por lo que entiendo de esta *Bohème* que frecuenta el Barrio Latino, compuesta por escritores, artistas, filósofos, algunos pobres, otros ricos, y todos enemigos de la burguesía a la que pertenecen, es que la tradición racionalista empieza a debilitarse en lo que concierne a los paradigmas científicos. Los estudiantes y profesores exigen a la Razón Analítica que dialogue con otras lógicas. No se trata de una simple querella filosófica, se trata de recuperar el movimiento de las ideas y de la imaginación.

Si bien este Mayo Francés no ha dejado muchas secuelas políticas, ha marcado un punto de tensión en la vida pública, pues apareció una especie de contrastación del pensamiento con la vida pública, con el mundo y, lo más importante, irrumpe la disidencia como un estado normal en los procesos culturales. Sería como una expresión de las contradicciones sociales que tiende al desorden, al caos.

Este paseo matinal, lleno de reflexiones, me llevó algunas horas. Decido volver a casa a preparar mi almuerzo. De regreso, me detengo a comprar unas *baguettes*. En el mostrador lucen también gran variedad de panes integrales, *brioches* y unas bolsitas de buñuelos. Ya en casa, mientras preparo la comida -una rica ensalada con todo lo verde que encontré y un trozo de *quiche* de espinacas- me dejo llevar por mis pensamientos.

¿Son esos mismos marcos culturales -que ya sabemos a qué tipo de racionalidad pertenecen- los que determinan nuestra naturaleza humana? Siendo así, es a partir de esos mismos marcos culturales desde donde se valora al hombre. Es por eso que la presunción de una *esencia* (buena o mala) es la que tipifica a los seres humanos. De esa naturaleza humana surgen unas necesidades que van a funcionar en el pensamiento como algo muy normal, porque devienen de la sociedad. Ejemplo: trabajo, felicidad, progreso, bienestar social, confort, etc.

Todo parece indicar que la rebelión del Mayo Francés fue una lucha contra esa *naturaleza humana* que se ha venido construyendo históricamente por medio del saber transmitido a través de los discursos sociales. Esa lucha pretendió romper con algunos dispositivos culturales para acabar con esa "esencia" impuesta.

El mundo está harto de esa lógica de sentido que ha tipificado todo: lo bueno y lo malo, lo feo y lo bello, lo verdadero y lo falso. ¡Algo está pasando! Y mientras pienso en ello, voy a comer, después llamaré a Valerie para acordar encontrarnos mañana, ya que tengo tiempo que no los veo, sobre todo a Pulcrito Delacroix, quien todavía no da señales de vida. Por cierto, típico caso de una naturaleza humana incomprensible.

SIGUEN LAS PREGUNTAS

Mientras subo por las elevadas escaleras se asoma la cúpula blanca del Sacré Coeur. Como siempre, las escaleras están repletas de turistas; algunos tratan de entrar a la iglesia, que fue terminada en 1914; otros, simplemente se quedan allí sentados, descansando y mirando embelesados la panorámica de París. Cerca de la iglesia, Valerie me espera. Nos metemos hacia la derecha por la calle Azaïs, donde está otra iglesia, la de Saint Pierre de Montmatre. Tomamos después por la izquierda para llegar a la plaza Du Tertre. Es casi mediodía de un sábado brillante, principios de un largo verano que se avecina.

En la plaza divisamos a Sylvie vendiendo sus telas, como tantos artistas que exhiben sus pinturas, algunas de ellas con referencias a sitios turísticos de París. Bajamos por la antigua calle Lepic, en la esquina con Cauchois está el café Deux Moulins, donde acordamos comer.

Ya instalados en el restaurante degustamos una copa de Kir cada uno, mientras nos llega la comida. Me gusta mucho esa mezcla de vino blanco con licor de crema de cassis. Luego pedimos una botella de vino tinto. Al poco rato entra Pulcrito, vestido todo de blanco, y nos dice, después de saludarnos en un tono jovial:

- ¡El blanco representa la pulcritud, es pureza!

- El blanco concentra todos los colores, rechaza la energía, por eso es luz como la ciudad de París –responde Sylvie sonriendo y con su mirada pícara de ojos verdes– y aparte de descubrir que el blanco es pulcro ¿Qué fue de tu vida Pulcrito Delacroix? –pregunta, con cierta ironía.

Pulcrito, haciendo caso omiso a la ironía de Sylvie (quizá por ingenuo o porque a veces se hace el loco) nos cuenta que con las revueltas le entró un ataque de ansiedad y salió despavorido al pueblo donde vivía un amigo, a unos doscientos kilómetros de París, y que decidió regresar porque los insectos lo tenían loco y escaseaba el dinero, algo común en él.

Durante el encuentro no puedo dejar escapar el tema de las revueltas, así que les ofrezco mi versión acerca de que la Razón Ilustrada, con su régimen disciplinario, terminó aburriendo a la gente. Por supuesto, sus miradas perplejas se posan sobre mí. El único que parece entender es Pulcrito que, levantando una mano, explica:

- La subjetividad humana desaparece en los mecanismos de la objetividad científica y tecnológica, y eso supone la crisis del humanismo, ya que los ideales humanistas se pierden a favor del trabajo, de la ciencia, de la tecnología.

Estaba citando casi de memoria a Heidegger.

- ¡Exacto! –acoto yo–, ya que la Modernidad nos vendió la idea de un sujeto nacido bajo la constelación de categorías como la historia del progreso, el cambio, que le iban a permitir a este sujeto ser un *Sujeto Trascendente,* inscrito en un devenir histórico lleno de un progreso que se iba a lograr a través de la razón técnica.

- Yo no sé si la imaginación tomó el poder que antes tenía la razón, pero lo que sí sé, es que las universidades están discutiendo acerca de la crisis o no de los paradigmas y teorías impuestos por la ciencia –dice Sylvie, y tras una pausa sigue– ¡Para algo tiene que haber servido esta lucha!

Valerie, que no es dada a teorizar mucho, sólo nos comenta que en el transcurso de los acontecimientos de mayo le dijeron de la llegada de Herbert Marcuse. Por lo que supo, era un investigador de las teorías de Hegel, Marx y Freud. También investigó que forma parte de la Escuela de Frankfurt desde los años sesenta. Esa escuela es la que impulsa la Teoría Crítica. Dice Valerie que logró hacerle una entrevista y que le dijo que cuando se enteró de los sucesos de París, se vino desde los Estados Unidos y fue recibido como héroe, esto le causó gracia cuando lo mencionó.

- Igual me enteré que, junto con Felix Guattari, filósofo francés, ambos participaron en la toma del teatro Odeón. Guattari es uno de los que resaltan la subjetividad frente a la objetividad de las Ciencias y plantea lo que él llama "cartografía de la subjetividad", que es deshacerse de todo ideal de cientificidad para poder tener alcance analítico. Creo que algo de filosofía se me está pegando de ustedes– dice Valerie riendo.

Escucho atento el relato de Valerie, me parece interesante todo lo que plantean estos filósofos. De modo que sigo la conversación cuando Valerie dice que en las conferencias que dio Marcuse discutió sobre la cultura, ya que para él ese era el eje básico de su reflexión crítica, tanto con la lógica de la *industria cultural* como en lo relacionado con las contradicciones del *realismo socialista*, discusión muy importante pues abría el debate de lo estético con el pensamiento crítico.

Tenemos que parar la discusión, es hora de que Sylvie vuelva a su puesto de trabajo. Cuando nos despedimos, ella voltea y le dice sonriendo a Pulcrito:

- ¿Sabes que se comenta en París que tú eres tan pulcro que todos tus escrúpulos los tienes enumerados cronológicamente?

Pulcrito asoma en su rostro una sonrisa distraída y contesta:

- No, no lo he hecho, pero la verdad, no es mala idea, lo pensaré.

Sylvie se pone la mano en la cabeza y me susurra al oído:

— Tengo la impresión de que desperdicio mi sarcasmo con él.

Nosotros tres bajamos por el funicular, ya que a Pulcrito no le gusta caminar mucho, la verdad no sé cómo es tan delgado. Al llegar abajo tomamos la avenida Pigalle, pasamos el Chat Noir y después del Moulin Rouge nos metemos en una callejuela donde se encuentra el bar La Lumière. Allí decidimos pasar la jornada con unas botellas de vino.

La conversación gira en torno a nuestras vidas, Valerie quería ser algún día directora o editora de una revista de moda. Pulcrito, en tono jocoso, nos dice que los únicos días que le dan ganas de trabajar es cuando tiene una cita, ya sea para algún trabajo o una invitación, y después, en tono serio, nos comenta que sufre de pesadillas recurrentes que no lo dejan dormir. En los últimos meses había soñado que era una caricatura y que su autora lo perseguía con un lápiz gigante para borrarlo; otras veces le echa tinta y lo desaparecía. Yo lo único que le respondo, para darle un poco de ánimo, es que debe ser un gran luchador, porque hasta ahora había logrado sobrevivir a sus obsesiones. Valerie suelta una carcajada y todos la seguimos a la vez, por lo que nos damos cuenta que ya estamos completamente borrachos.

LA GRAN DAMA

Estamos en la plaza de la Concordia y a unos pasos de la Ópera Garnier, a lo lejos veo un majestuoso hotel. Cuando nos acercamos, mis nervios y la ansiedad de entrar allí son más fuertes que yo. Aunque creo que Valerie, a mi lado, está peor. Entramos al vestíbulo, elegante, lujoso, con altos techos decorados y lámparas de araña, con muebles vestidos todos de estilo clásico francés; hay unos ramos de flores, en las mesas que están en la sala principal, que impresionarían a cualquiera.

Nunca he estado en ningún sitio lujoso, mi vida transcurre en los tejados y algún que otro bar bohemio y baratón. Este hotel, que data de hace muchos años, es símbolo del lujo a la francesa. De pronto, Valerie y yo cruzamos nuestras miradas cuando la vemos entrar. Viste un corto traje en blanco y negro, camina lentamente hacia nosotros con un ego que, ya por su edad, deja entrever cansancio. ¡Es Ella!, elegante como el Hotel Ritz: Coco Chanel.

Mientras se acerca, pienso, este hotel le ofrece gratis esa tristeza peculiar de quién otrora había estado rodeada de amantes, en este gran vestíbulo que habrá conocido tiempos mejores. Estos pasillos que vieron pasar a personajes como Scott Fitzgerald, Marcel Proust, García Lorca, Buñuel, Picasso, Dalí, Stravinski, y algunos otros que habrán rodeado sus brazos llenos de lujosas joyas selladas –me imagino- en su caja de vanidades.

Mi pensamiento se interrumpe cuando la anciana dama se nos acerca y le dice a Valerie:

– Mademoiselle, vayamos a la terraza que quiero disfrutar de este sol brillante y caluroso.

Valerie me había contado cómo había sido la vida de esta mujer. A los 5 años quedó huérfana de madre y su padre la llevó al hospicio de Corrèze. Su nombre real es Gabrielle Bonheur y su apodo -Coco- le es dado de una canción que cantaba a los militares en algunos bares a los que solía ir a divertirse. Con un dinero prestado de uno de sus amantes compró una docena de sombreros en galerías Lafayette, que luego reformó y vendió a damas adineradas. Ganó dinero, triunfó, y más adelante creó su línea de moda.

Entramos a la terraza y Valerie, haciendo un esfuerzo para mantener la compostura, comienza su entrevista.

– Dicen que usted destruyó formas tradicionales en la manera de vestir, rebelándose contra lo existente y el orden, estableció un furor de renovación total, derogando cánones usuales, produjo variaciones estilísticas y temas inéditos en el vestir, rompió con la continuidad que nos unía al pasado e instituyó nuevas formas de estilo. ¿Se considera usted una modista de vanguardia?

En un tono irónico, Coco le responde:

– Esas teorizaciones las plantea usted, yo simplemente traté de crear estilos que permanezcan, no moda; la moda pasa, el estilo no.

Valerie hace una pausa, como para seguir conservando la valentía de continuar con la entrevista y le pregunta:

– ¿Estableció usted con su imperio de la moda un culto a la novedad y al cambio?

– No lo creo, a mi edad, el culto soy yo.

Cautivado, yo miro a esas mujeres que se interpelan, no sólo con las palabras, también sus miradas intercambian frases que no se dicen.

Quizá por eso me imagino que Valerie, viendo las arrugas de Chanel, se apresura a preguntarle:

- ¿Cree que hoy día la mujer quiere permanecer joven, no envejecer?

Coco Chanel, en un tono ligero y esbozando una leve sonrisa, simplemente comenta:

- Como lo dije hace muchos años y todavía lo sostengo, la mujer tiene la edad que se merece, la naturaleza te da la cara que tienes a los veinte, a los cincuenta depende de ti.

- ¿Se considera usted excéntrica?

- Hoy día la opinión pública se ha convertido en una tiranía, si para acabar con esa tiranía es bueno ser excéntrica, entonces lo soy.

Afuera, en la terraza donde nos encontramos, miro al exterior viendo pasar a las personas que disfrutan este día soleado. Me detengo un instante a detallar la ropa de algunas mujeres, a propósito de la entrevista. Observo algunas mal vestidas, rayando en lo extravagante, y pienso en lo que diría Chanel: viste *vulgar y sólo verán el vestido, viste elegante y verán a la mujer*. Sigo escuchando a Valerie.

- ¿Le parece que en el mundo de la moda parisina todo es un *déjà vu* que va ganándole a la novedad?

- Pienso, más bien, que ahora muchos creadores tendrán oportunidad de generar no moda, como siempre repito, sino de crear estilos, eso, aprovechando y rehabilitando todo aquello que fue rechazado por el modernismo como la tradición, lo local etc…

- Se trata de atacar el concepto de vanguardia por uno más posmoderno. –interrumpe con contundencia Valerie.

- Si la tradición se convierte en fuente de inspiración, si hubo valores que fueron prohibidos y ahora se recuperan, si todo ello sirve para nuevos estilos, creando sobre lo viejo, es válido.

- ¿Puede ello llamarse estilo, o más bien una coexistencia de estilos?

Me parece curioso, creo que esa frase no le gusta a la gran dama, pues su respuesta es un poco brusca:

- ¿No cree usted que cuando yo muera, el estilo que yo impuse será utilizado y cruzado con otros? –Y, tras una pausa, añade– ¿Qué le parece que mis viejos estilos sean tomados en cuenta para crear otros?

Ante el desconcierto que parece tener dibujado en el rostro Valerie, Chanel sigue mirándola con esa impasibilidad que dan los años, por lo que a mi amiga no le queda más remedio que buscarse una pregunta:

- Le parece que la frase *hay que ser absolutamente modernos* puede ser sustituida por esta otra: *hay que ser absolutamente uno mismo, pero dentro de un eclecticismo laxo.*

- Si es así, yo he sido más ecléctica que moderna.

- En esta época que comienza, de los setenta, ¿cree usted que el cuerpo se ha convertido en objeto de culto?

– Si por culto al cuerpo se entiende vestir con elegancia para ver a la mujer que hay en ti, para mí desde luego el cuerpo siempre ha sido objeto de culto.

Mientras sigue la entrevista, mi mente se ha trasladado a otros pensamientos que se agolpan y me dicen: existe un reino de las apariencias que parece vencer al reino del sentido, tan proclamado y venerado por la Razón. La seducción cada vez más va ocupando sitio a través de las imágenes, de la publicidad, de la moda. Ya no se trata del individuo que podía luchar o no con una existencia que le era impuesta, pero que a la vez trataba de buscar la verdad, la alteridad. Ahora, por el contrario, hay una especie de indiferencia que designa una nueva conciencia; no se trata de subvertir, se trata de ser frívolos, indiferentes, con imágenes que cada día se renuevan más.

Si algo he aprendido de Sylvie es que para ser subversivos no hay que ser consumistas, si la belleza en el arte, por ejemplo, quiere ser subversiva, no debe someterse al consumo; pero precisamente en esta época todo parece ser objeto de consumo, convirtiéndose además en una especie de estética del deseo, es como una forma de alienación encantadoramente matizada. Todo lo disonante empieza a ocupar lugar y para ser subversivos, diría Sylvie, creo que falta energía. Lo que sí parece prosperar es cierto aire nietzscheano, al mejor estilo de pensamiento del tedio alemán, una sensación de miedo al futuro, sobre todo después de haber pasado la Segunda Guerra Mundial.

Mi pensamiento se interrumpe cuando escucho la voz de Valerie: ¡Vamos, la entrevista ha concluido!

¿Y QUÉ PASÓ CON LA RAZÓN Y EL PODER?

Valerie todavía debe estar extasiada con la entrevista que le hizo a la *gran dama*, como decidí llamarla. Entrevistar a Coco Chanel no fue fácil, pero Valerie, mujer luchadora, lo logró. Desde niña fue muy práctica, le gustaban las cosas reales y concretas, en cambio yo, creo que mi mundo de fantasías infantiles se resolvió, no por el camino de la realidad, sino por el de las imaginaciones poéticas y filosóficas que parecen no tener fin. Así, ya son varios los años que vengo escuchando acerca de la Razón y su crisis, cosa que ha llevado a un desencanto con la Modernidad.

Cuando ya había comprendido lo de *la muerte de Dios*, cuando ya la había olvidado, ahora vienen y hablan de la *muerte de la Modernidad*. A esta muerte, además, se le anexa una lista de defunciones de esas categorías que nacieron con la Modernidad: progreso, utopía, sujeto, y ni el arte escapa. Por supuesto, no ha faltado quien salga en defensa de la Modernidad, mientras otros insisten y proclaman su muerte. No faltan tampoco aquellos quienes, preocupados por una salida menos trágica, dicen que, sin la Razón, el progreso, la utopía, el hombre no puede vivir, pues de esa Razón se esperó la abolición de la dominación, que se daría a través de la educación.

Frente a esta postura, los detractores de la Modernidad responden preguntando si acaso se abolió la ignorancia o la pobreza. Ellos mismos responden que no, y que, en consecuencia, esa Razón que tanto defienden se ha transformado en cínica y positivista, y ya no es más que un simple acto de dominación, lo que se llama la Razón Instrumental. Estas reflexiones vienen de esas voces que yo escucho de esos filósofos. Hoy no puedo quitarme de encima esas voces, y siento la necesidad de llamar a alguien. ¿A quién? ¿A Sylvie? Estará ocupada en estos días con su pintura. ¿Valerie? No es muy dada a este tipo de conversa. ¿Pulcrito? Ese está dispuesto, así que lo llamo. Lo saludo, y se me ocurre preguntarle cómo está, qué es de su vida.

– Me siento como en una época de pseudorealismos inestables y en una psicopolítica de miedo al futuro. ¡Qué asco! –exclama.

Comprendo que no es momento para conversar con él, mucho menos de crisis de modernidad, sus defunciones, etc., así que opto por revisar algún libro que me despeje las dudas. Me voy a la biblioteca que está cerca de la casa y de pronto veo encima de una mesa, un libro grande, me inclino y no puedo ocultar mi sorpresa. Es un libro acerca del poder y el saber, cuyo autor es Michel Foucault, lo tomo en mis manos y, después de hojearlo, no puedo evitar comenzar a leerlo. Salgo corriendo a la FNAC para comprarme un ejemplar. Empiezo a degustarlo. He subrayado unos párrafos para poder comprender mejor mis futuras escuchas, porque cuando consiga la dirección del tal Foucault, si vive en París, me instalaré allí, justo por encima de su cabeza.

Le pregunto a mi amigo, el librero de la FNAC, si sabe dónde puedo encontrar al tal Foucault. Y, como de costumbre y de modo confidencial, hurga en su ficha de cliente y me da la dirección. Llevo ya varios días escuchando a Michel Foucault y sé de buena fuente (las chimeneas) que es un estudioso del *Poder.* Un día lo escuché decir: *¿Qué soy yo, entonces, que pertenezco a esta humanidad, quizá a este margen, a este momento, a este instante de humanidad que está sujeto al poder de la verdad en particular?*

Por lo que pude entender, esta pregunta era el centro de su análisis de la relación Verdad-poder. Para Foucault, la racionalidad es una práctica que se conforma en un conjunto abierto de acontecimientos históricos múltiples, en ese conjunto se anudan formas de pensar y formas de hacer, que la hacen existir históricamente.

Interesado, como estoy, en saber de la Razón disciplinaria, me llama la atención el planteamiento de Foucault. Por cierto, y de esto me enteré por el librero, que es muy "conversador", que Michel, como él lo llama, tiene una vida un poco turbulenta que comenzó desde su adolescencia, cuando descubrió que era homosexual, además de que no iba a seguir la tradición familiar de ser médico, como su padre y otros familiares.

En medio de mis reflexiones, me dirijo a la estación Cardinal Lemoine, una de las más cercanas a mi calle, llegaré hasta la Louvre-Rivoli. Esta estación es una de las más bonitas del metro de París. Subo a mi tejado para seguir las conversaciones entre Foucault y sus amigos. No se oye nada, seguro no han llegado, esperaré mirando la calle. La calle Rivoli se encuentra entre el Museo del Louvre y la plaza de la Concordia, ante el jardín de Tuileries. La calle fue construida en 1800, por voluntad de Bonaparte, para embellecer los alrededores del palacio de Tuileries y el Louvre.

Distraído, miro a la gente en los cafés, que se habían convertido en el símbolo de la vida parisina, y sus calles eran protagonistas de la vitalidad urbana, de una vida moderna que se instaló desde hace muchos años. Pasado un largo rato comienzo a escuchar voces. Hoy hablan acerca de la crítica a la Ilustración, obviamente siempre tocando el tema del poder. Al cabo de un rato, creo que es Foucault el que dice:

— *Yo diría que la crítica es el movimiento por el cual el sujeto se atribuye el derecho de interrogar a la verdad acerca de sus efectos de poder y al poder acerca de sus discursos de verdad.*

A continuación, trata de explicar que para que el saber funcione como saber, es necesario que ejerza su poder, y añade:

— *Cada enunciado que se considere verdadero va a ejercer cierto poder y va a crear al mismo tiempo una posibilidad.*

En todo caso, eso explica que Foucault no hable de una Racionalidad, por el contrario, propone hablar de racionalidades, y esto le evita -a mi parecer- acercarse a los debates que se están dando sobre Modernidad-posmodernidad. Y todo ello, porque él considera que la racionalidad es plural, que se bifurca de modo múltiple, descartando así una idea de Racionalidad que se instaura en un acto fundante, que conlleva la llamada Razón dotada de un proyecto liberador.

Si estoy escuchando bien, sí lo que plantea Foucault es hablar de racionalidades, entonces puedo decir que para él no debe existir una crisis de la Racionalidad que anuncia el hundimiento de ese gran relato que es la Modernidad. Ahora entiendo porqué Foucault escribe textos específicos sobre el castigo, la locura, la sexualidad y otros temas más, pues con ello quiere denunciar que todas esas prácticas son acontecimientos históricos y que no son reducibles a ninguna teleología transcendental, lo que significa que todos esos acontecimientos no son parte del sujeto, sino que son actos históricos.

En otras palabras, esas prácticas son producto de campos de experiencia, donde se van definiendo los sujetos y los objetos, y entonces se va estableciendo una relación de esos sujetos con la verdad, con las normas, son como una especie de eventos a los que Foucault llama pensamientos. A la interpelación de uno de sus amigos para que le explicara que es el pensamiento, Foucault le responde:

— *Por pensamiento entiendo lo que instaura, en diversas formas posibles, el juego de lo verdadero y lo falso y que, en consecuencia, constituyen al ser humano como sujeto de conocimiento.*

En este instante yo me encuentro más confundido que nunca con esto de la muerte de la Razón, de la Modernidad. Si la racionalidad, según Foucault, es evento, entonces los debates acerca de su muerte son estériles. Para ser sincero, la filosofía cada vez se me complica más, mejor me voy a casa, que con lo de hoy ya tengo bastante. Necesito descansar, me voy a ir caminando para relajarme y respirar un poco de estos aires de París

Me acabo de levantar, y antes de hacer el café bajo a la panadería por una *baguette*. En la nevera sólo tengo mantequilla y un par de mermeladas. Esta tarde en vez de escuchar tanta filosofía debería pasar por el mercado. Mi prioridad hoy es salir temprano a dar un paseo para poder reconstruir la conversación de anoche, necesito cerrar ese punto de la muerte de la Razón, de lo contrario seguirá rondando en mi cabeza. Me preparo para estar todo el día en la calle, en la estación del metro agarro un folleto de esos que les entregan a los turistas. Me llama la atención uno que describe la torre Eiffel como el sitio más concurrido de París, con siete millones de visitas anuales. Hacia allá me voy, nunca he ido, y ¡mira que soy de aquí!

A pesar de que a los parisinos no nos gusta ir a la torre, debo reconocer que esa Dama de Hierro, como la llaman, es fascinante. Verla desde abajo impresiona, es la encargada de iluminar las noches parisinas. Cada hora y durante cinco minutos tiene lugar una ráfaga de destellos que para los turistas es una delicia. Y debo confesar que vista desde las chimeneas es bastante llamativa.

Esta torre está situada en el extremo del Campo de Marte, a la orilla del río Sena, y por lo que dice el folleto tiene una altura de trecientos metros. La torre se hizo para ser presentada en la Exposición Universal de París de 1889, para el centenario de la Revolución Francesa.

Nunca he subido a la torre, hoy lo hago para sentir la sensación que dicen tener los turistas. Estando aquí arriba se ve París en todo su esplendor; me imagino a la torre como el gran faro de esa Ilustración Francesa, donde el pensamiento, el conocimiento, el saber, se erigieron como lo más importante. Por algo en la época que la construyeron la sociedad tenía fe en los progresos tecnológicos y el progreso social. Esta fe fue lo que dio origen a este tipo de exposiciones universales. Y por supuesto, los políticos se perfilan detrás de todos esos desarrollos técnicos preparando sus discursos políticos, en función de sus propios intereses.

Vuelve a mi mente el debate sobre la muerte de la Razón, y reconozco que hasta en eso la Razón ha sido astuta, porque ella misma se critica, se fustiga y se renueva, por allí debe andar la confusión. ¿Cómo me lo explico? A partir del siglo XIX se desarrollaron dos corrientes de pensamiento: una, con una actitud negativa de la visión de la sociedad, y la otra, con una visión positiva. Las dos pertenecen a la visión general de la Modernidad. La visión negativa se va a corresponder con la teoría de la alienación; esta categoría representa una especie de respuesta a toda forma de degradación humana que venía acompañada con el industrialismo incipiente, esta degradación podía visualizarse no sólo en los aspectos humanos, sino también ambientales y estéticos.

Por ejemplo, aquí estoy en la torre Eiffel, observando la cantidad enorme de turistas, gastando, generando desperdicios, siendo hasta indiferentes con lo que está a su alrededor, a no ser por la cantidad de fotos que -imagino- se toman para recordar los sitios que visitan.

Es por ello que el problema de la alienación hay que pensarlo desde el punto de vista industrial, social, psicológico, estético, ético, en fin, como signo de esta cultura moderna. Este pensamiento del siglo XIX que vino acompañado por el problema de la alienación, anticipa lo que se conocerá como la Muerte de la Razón, del Arte, de las Ideologías. Se sabe que la Belleza, la Utopía, el progreso, alimentaron la idea de felicidad. Por eso surgen los movimientos anti-arte, anti-razón, anti-política…como consecuencia de un rechazo hacia una Razón lingüística, racional y funcional.

Esa corriente negativa, llamada nihilismo, lleva implícita la muerte de la razón, del progreso y otros, elevándolos a ritual, y poniendo en evidencia no sólo la crisis de los valores tradicionales, sino que con ello va a marcar una nueva percepción de la realidad. Es como una especie de voluntad de apartarse de la vida, de las cosas. Por su parte, las personas también comienzan a sentir una especie de frialdad hacia lo real. Todo esto forma parte de la Razón moderna, y es lo que se define como nihilismo, ese nihilismo viene siendo la primera figura interior en la constitución de la lógica de la Razón.

Después de mis largas, y a veces agotadoras, escuchas de estos últimos días, me doy cuenta por qué algunos nihilistas son llamados posmodernos cuando no lo son, simplemente la Razón da para todo. ¿Será por eso que Michel Foucault habla de racionalidades, pero no de Razón única? Umm, creo que estoy cerca de algo.

Subido en esta *dama de hierro* pienso en la gran utopía de este siglo: el progreso, un progreso que está aquí reflejado en esta torre, ya que ésta no solo fue la presentación a una exposición, representó el adelanto técnico de una época. El folleto que me leí explica que inicialmente fue utilizada para pruebas de ejercicios con antenas de comunicación, sirviendo hoy como emisoras de programas radiofónicos y televisivos. Al principio, la torre Eiffel no gustó a los parisinos, ya que la veían como un amasijo de hierro. Hasta los artistas de la época no la querían, la consideraban monstruosa.

A pesar de las controversias acerca de la construcción de la torre, ella - al igual que la Modernidad- estuvo en el centro del debate; recuerdo un escrito de Barthes que leí con Sylvie, creo que estoy en el lugar adecuado para recordarlo: *mirada, objeto, símbolo, la torre es todo lo que el hombre pone en ella, que todo es infinito. Espectáculo mirando y mirando, edificio inútil e irremplazable, mundo familiar y símbolo heroico, testigo de un siglo y monumento siempre nuevo, objeto inimitable y sin cesar reproducido, es el signo puro, abierto a cada tiempo, a todas las imágenes y a todos los sentidos, la metáfora sin freno; a través de la torre, los hombres llevan esta gran función de la imaginación, que es su libertad, ya que ninguna historia, por muy sombría que sea, jamás pudo quitársela.*

La torre -como la Modernidad- seguirá siendo el centro de discusiones, de modo que esta discusión da para mucho, para mí, por supuesto, no deja de ser interesante el debate Modernidad- posmodernidad, veré que consigo por allí en mis chimeneas acerca de esto.

LA EXPOSICIÓN DE SYLVIE

Justo hoy llego tarde a la muestra de Sylvie, cuando entro lo primero que veo es ese brillo en esos ojos verdes, y esa actitud siempre tan subversiva. Allí está en medio de sus obras, años trabajando en una propuesta que no fuera la repetición de estilos de la Vanguardia Histórica, sobre todo ella que siempre ha hecho críticas a esos movimientos, porque considera que no lograron lo que sus manifiestos programáticos decían, como lo era integrar arte-vida.

Sin embargo, recuerdo cuando Sylvie nos hablaba de la influencia y la importancia que esos movimientos de las Vanguardias habían tenido no sólo en Europa, sino en muchos otros países. La crítica que ella hacía era que esas Vanguardias habían perdido fuerza política en tanto se convirtieron en elitistas, abandonando su impulso utópico. ¿La explicación? Quizás los cambios tecnológicos que la sociedad comenzó a experimentar y que se fueron haciendo masivos.

Por eso la revuelta del Mayo Francés para Sylvie tuvo una gran relevancia, ya que hasta los artistas sentían que la cultura popular no estaba unida a un proyecto crítico-cultural, como en su tiempo lo tuvieron las Vanguardias Históricas. Ahora entiendo porque participa de muchos movimientos de contra cultura que hacen crítica al consumo, y que en sus propuestas artísticas hacen gala de una estética muy rudimentaria que establece diferencias radicales con el arte tradicional.

Por ello, Sylvie trata que sea un arte de calle de fácil comprensión. Sobre todo, cuando desde los años sesenta en adelante, hemos visto como una especie de permisología que libera al arte de ese imperativo de la innovación que caracterizó a las Vanguardias.

Ya Valerie había llegado a la exposición con su fotógrafa y asistente Marie-Jo, quién tiene años trabajando con ella. Por cierto, que es el único trabajo que le ha durado, ya que le gusta mucho pelear por las reivindicaciones de sus compañeros y esto no les interesa demasiado a los empleadores. Valerie, en cambio, es una persona comprensible y por tanto han sabido llevarse bien. Ellas cubrirán la exposición y Valerie hará la reseña para la revista *El mundo en moda*, donde es editora-jefe, trabajo, por cierto, que consiguió gracias a la entrevista que le hiciera hace 8 años a Coco Channel. Por fin ha cumplido sus sueños.

Al final de la sala diviso a Pulcrito, quien mira detenidamente una de las obras de Sylvie, me acerco y le pregunto qué le parece la muestra. Arqueando una de sus cejas, con cierto aire de sabiduría (creo que quiere sorprender a Sylvie, quien está a mi lado), responde:

– Veo en esta propuesta un elemento clave como lo es la intertextualidad, es decir, –y aquí cambió su voz a un tono más sobrio– hay como una especie de ausencia de profundidad en la obra, que ha sido sustituida por un juego textual de múltiples superficialidades, dejando al espectador que juegue con esas imágenes de la percepción del mundo, por lo tanto, la propuesta de Sylvie, no puede insertarse en una categoría cerrada, al contrario, la aparente dispersión hay que verla como un tipo de experimentación que representa una nueva libertad en el arte.

Sylvie, mirando a Pulcrito, le dice muy seriamente:

– No creo haber escuchado a ningún espectador identificado hasta tal punto con mi obra, ni siquiera yo mostraría tanta convicción y fervor.

Dicho esto, se voltea y se va. Yo me quedo pensando: ¿Lo diría en serio, o es otro de sus sarcasmos con Pulcrito? Me dedico sólo a mirar cada obra y absorto como estoy en ello, mi mente trata de vincular lo visto con las Vanguardias y la Modernidad, que, si bien no son sinónimos, se relacionan. Pienso que el espectáculo de las Vanguardias se mantuvo el tiempo necesario y acorde a las condiciones sociales, allí es donde radica la validez de esa ficción; por eso tenemos que hablar de certezas y no de verdades absolutas.

La Razón de la Modernidad, por ejemplo, nos permitió la creación de mundos, pero también nos llevó a ver todo bajo una visión sistemática, apriorística. Convencido de que no sólo se trata de aprender, se trata de construir, se trata de encontrar, pero de dar sentido, esto se logra -y creo que por allí va la propuesta de Sylvie-, reencontrándonos con una racionalidad estética. ¿Por qué me vino a la mente esta reflexión en estos momentos? Recordé la discusión sobre la muerte de la Modernidad y casi seguro de que, si una de las categorías básicas de esa modernidad fue lo nuevo como noción negadora de la tradición, que irrumpió con un acelerado proceso de creación, entonces, pensar la problemática de la Modernidad, es también pensarla desde su vertiente estética.

Sigo detalladamente viendo cada obra, como para que ninguna idea se me escape, así voy pensando en ese concepto de modernidad y puedo decir que en la medida en que el mundo se confronta con diferentes formas de poder, ya se inicia esa crisis de la modernidad, pero al mismo tiempo surge una rebelión de la sensibilidad estética que se va a convertir en un rechazo al pensamiento moderno. Todo esto pasa por mi mente mientras observo en su totalidad la obra de Sylvie, hasta que escucho el llamado de Valerie para que nos tomemos una foto en grupo.

Finalizada la exposición nos vamos a celebrar en el bar *Tout Va Bien*, cerca de la calle Odessa, en Montparnasse. Allí, en medio de la euforia que produce el alcohol y el vagabundeo filosófico en el que andamos, ya el melodrama de Pulcrito amenaza en convertirse en algo tedioso. A cada rato nos dice:

- Cada vez que voy al psiquiatra reaparezco distinto, pero a la vez sigo siendo el mismo.

Sylvie, ya harta de lo mismo, y como siempre, con ese tono entre subversivo y sarcástico le contesta:

- ¿No será Pulcrito Delacroix que la psiquiatra lo que tiene en su consultorio son espejos y no un consultorio de cirugía plástica? – acto seguido alza su trago y lo bebe de un golpe.

Después de la celebración de anoche, me levanto bastante tarde, voy a comprar el desayuno y la revista El mundo en moda, en la cual aparece una foto de una de las obras de Sylvie, así como la reseña que hizo Valerie del evento:

"Nada más agradable que esa exposición titulada IMÁGENES DISIPADORAS, llena de un gusto, cargada de reflexiones, donde se puede apreciar un arte dentro del arte. La muestra refleja una voluntad de la artista de estar siempre fuera de lo que se hace, evitando de cualquier modo una imitación de estilos. Solo una artista como Sylvie Roman, con una lucidez inusitada podía alcanzar esa incursión cínica en su propuesta, que contradice en todos sus momentos las reglas de la producción artística. Esa premeditación minuciosa de Sylvie Roman hace de su propuesta un juego que establece con el espectador una complicidad nada usual, es decir, es ficción aceptada".

Me alegro mucho por Sylvie, y me gusta la reseña de Valerie. Sylvie se lo merece, sobre todo a esa edad en la que todavía se titubea, en la que muchos artistas siguen empeñados en imitar los viejos estilos de la Vanguardia, parece que ella ya ha encontrado su camino.

LA SORBONNE

Conforme pasan los años la ciudad de París permanece abriéndose a mi curiosidad, y dejándome todo su saber. El mejor camino que tengo para entender el mundo es a través de las chimeneas. Escuchando aquí y allá a través de ellas, me dejo impregnar por las ideas que recojo en cada tejado.

La ciudad se extiende cada vez más imponente ante mis ojos, a lo lejos contemplo ese gran edificio que es la Sorbonne. Fue fundada en 1857 por Robert de Sobornne y reformada completamente por el cardenal Richelieu. He quedado con Sylvie para acompañarla a un ciclo de conferencias en honor a Roland Barthes, muerto ya hace tres años, en el año 1980 para ser exactos, al igual que Sartre, quién muere ese mismo año. ¡Qué grandes pérdidas! A Barthes se le conoce como el filósofo del grado cero de la escritura, por haber establecido las bases para una nueva crítica de la literatura.

Sylvie intervendrá con una ponencia que me había leído el día anterior, estaba un poco nerviosa. Fue así como me enteré que Roland Barthes perteneció a la Escuela Estructuralista que estuvo influenciada por Saussure y Levi-Strauss. Sin embargo, Barthes pasó por diferentes cambios, desde sus orígenes sartrianos hasta brechtianos matizados. Desarrolló investigación semiológica con interés en la lingüística. Barthes, en su texto *El grado cero de la escritura,* puntualiza acerca de la condición histórica del lenguaje literario. En ese análisis explica los conceptos de Lengua, Estilo y Escritura, y los delimita claramente. En ese período estuvo muy próximo a las corrientes Neo-marxistas, y más tarde se acercaría al existencialismo y al estructuralismo.

Mientras camino hacia el anfiteatro para encontrarme con Sylvie -y con Barthes en mi pensamiento- me detengo a pensar en todos los grandes filósofos que dieron clase en esta universidad, antes llamada Collège de Sorbonne. Entre ellos, Descartes, padre del pensamiento moderno, uno de los representantes de la Ilustración Francesa. A mi mente vienen también otros nombres de intelectuales como Sartre, Simone de Beauvoir, Louis Pasteur, Lavoisier y Víctor Hugo, por mencionar sólo algunos.

Sigo pensando en Descartes mientras camino por los pasillos. De pronto volteó hacia una de una de las salas de clase y me parece ver al gran René Descartes dando sus clases, explicando el famoso *cogito ergo sum*, diciéndoles a sus discípulos que el *conocimiento es posible, siempre y cuando cada hombre haga uso de sus capacidades racionales*. René sigue ahí, y me doy cuenta de que la duda de Descartes no es acerca de la existencia misma del conocimiento, sino sobre cómo llegar a él, su preocupación era por el método.

Su escepticismo es metodológico, con una cierta dosis de dogmatismo racionalista, en tanto dice que el conocimiento sólo es posible a través de la Razón, por eso la necesidad de la duda queda resumida en su famosa frase *Pienso luego existo.* No sé cómo lo logró, ¡caramba! pero él, que dudaba de todo menos de sus pensamientos, reconstruyó un puente metafísico hasta la realidad ordinaria sin negar la existencia de Dios. Descartes no sólo fue el creador de un método, sino que le abrió las puertas a la Razón y con ella a lo que después sería la Revolución Ilustrada del siglo XVIII.

Me gusta esta Universidad por su majestuosidad, sus grandes salas, anfiteatros, y galerías enormes, todo en ella es ilustrado, con acierto es considerada la cuna del saber francés y llamada *la vieja dama*. Escucho las campanadas del reloj de la iglesia de la Sorbonne, decenas de estudiantes comienzan su recorrido hacia sus aulas de clase; me quedo un rato observando y al fin llego para encontrarme con Sylvie.

Es su turno de palabra, como siempre quedo sorprendido con la lucidez casi insolente y agresiva de Sylvie, quien comienza exaltando a Barthes con unas palabras del autor:

- *La palabra desdoblada es objeto de una especial vigilancia por parte de las instituciones que la mantienen por lo común sometida a un estrecho código: en el estado literario, la crítica debe ser tan "disciplinada" como un policía.*

- Con esto Barthes –continúa Sylvie– se propuso hacer una segunda escritura con la primera escritura de la obra, lo cual permitiría abrir el camino a márgenes imprevisibles; sustituyendo el juego infinito de los espejos, que sería según Barthes lo sospechoso.

Por lo que estoy entendiendo con esta ponencia, la lengua debe abrirse a nuevos caminos, ya que hasta ahora sólo tenemos lo que ofrece el diccionario francés con sus certidumbres, las *"certidumbres del lenguaje"* no son otra cosa que las certidumbres de la lengua francesa.

- A lo que se hace referencia –sigue Sylvie– es al valor que deberían tener las palabras; hasta ahora esas palabras no han tenido valor referencial, sólo valor mercante, sirven para comunicar, más no para sugerir. Entonces, el lenguaje sólo ha ofrecido una certidumbre: la de la trivialidad. ¿Esta certidumbre de qué se vale? – pregunta retóricamente – ¡Pues del gusto! – y hace un gesto muy característico de ella, como quien señala el aquí y el ahora–. El gusto es un servidor muy útil de la moral y la estética, y hace las veces de un cómodo torniquete entre lo bello y lo bueno.

Sigo muy atento la ponencia, me parece importante la referencia de Barthes a la que alude Sylvie, porque entiendo, entonces, que esa famosa "claridad francesa" no es más que una lengua originariamente política, que nació en el momento en que las clases superiores, a través de un proceso ideológico, convirtieron el lenguaje en algo universal, haciendo creer que la lógica de la lengua francesa, es una lógica absoluta; una especie de genio de la lengua, que está representado por el orden sintáctico sujeto-verbo. Y -acota Sylvie-:

– Para Barthes, existen unos interdictos del lenguaje que van a formar parte de una pequeña guerra de las castas intelectuales. Por eso la antigua crítica es una casta, entre otras, y la claridad francesa no es más que una jerga, entre otras, con esto Barthes nos aclara que la vieja crítica sólo defiende una especificidad puramente estética, porque quiere cuidar en la obra un valor absoluto, protegerla de la historia, de los bajos fondos de la psique, quiere ser obra pura, evitando así todo compromiso con el mundo, con los deseos, por lo tanto, es un modelo completamente moral – sentencia.

En este momento recordé nuestras viejas discusiones acerca del estructuralismo y su exceso de positividad. Por cierto, en los días en que estalló el Mayo Francés se criticó a muchos profesores que no apoyaron o no salieron a la calle y uno de ellos fue Barthes. De esas revueltas recordé un grafiti que habían pintado cerca de la Sorbonne, que decía: *Es evidente que las estructuras no salieron a las calles. Barthes tampoco.*

A pesar de eso, el aporte de Roland Barthes es demasiado valioso para que Sylvie lo dejara a un lado, sobre todo cuando en su crítica al estructuralismo, Barthes consideró que el significado de la obra debe ser creado activamente por el lector, el autor no da el significado a la obra o al texto, sino que, a través de un proceso de análisis textual, el lector, el espectador, es quién crea el significado.

Por eso la crisis del estructuralismo comienza en el momento en que la gente quería redescubrir la naturaleza simbólica del lenguaje, y esto fue uno de los grandes emblemas del Mayo Francés: recobrar la naturaleza lingüística del símbolo. Sylvie continúa, poniendo más énfasis:

– En el momento que Barthes anuncia que un escrito es una reconstrucción, está proclamando la muerte metafórica del autor. Cuando un autor se apropia de las ideas, hay que estar conscientes de que esas ideas no pertenecen ya a las personas, sino que forman parte de la cultura histórica general.

De pronto, Sylvie calla por unos segundos y dice, haciendo una pausa entre cada palabra:

– Hay que dejar de ver la palabra como un instrumento o una decoración, hay que verla como signo, como verdad. La obra literaria, por ejemplo, hay que analizarla en el contexto del espacio de la propia obra, y no a partir de valores externos a la misma.

Así termina Sylvie su ponencia sobre Barthes, la cual ha generado un aluvión de comentarios, a los cuales no voy a hacer referencia porque ya en mi cabeza surge una idea acerca de los intersticios del lenguaje y estoy pensando dónde encontrar al filósofo que hable sobre ello, cuya voz suba a través de alguna chimenea.

¿EXISTEN INTERSTICIOS? ¿CÓMO? ¿DÓNDE?

Me encuentro en un momento en el que me percato de la futilidad de mi pensamiento, sobre todo por ese empeño en tratar de atribuir significado a los procesos históricos. Son muchos los que lo han intentado, pienso en ellos y los percibos como un todo. Así descubro a Jacques Derrida, lo leo un poco y voy entendiendo que esos significados no tienen sentido, por lo menos en la lectura que interpreto de Derrida.

Este pensador de origen argelino, que proviene de una familia judía-sefardí me trae de cabeza con sus textos. Derrida, al contrario de otros filósofos que he escuchado, presenta una filosofía no-sistemática, no define términos, sino que su análisis lo conduce en diálogos con otros pensadores. Usa mucho el juego de palabras y a veces se hace muy retórico.

Decido salir de mi encierro de hace días para investigar qué lugares frecuenta, o dónde vive, quizás escuchándolo pueda entenderlo mejor. Llamo a mis amigos y les digo que necesito que me ayuden a encontrar a este filósofo, acordamos vernos en Le Marais, un barrio judío ubicado en uno de los distritos más cosmopolitas y de moda de París. No sé de dónde se me ocurrió que Derrida pueda frecuentarlo. Por su origen judío, tal vez, después de todo, tiene la comunidad judía más grande de Europa.

Después de comer, la idea es recorrer el barrio e ir indagando sobre escritores, poetas y filósofos que lo visitaran. Nos vamos a la calle Des Rosiers, una calle muy conocida por los locales de comida koscher y yidish. Caminamos por una callejuela empedrada y nos topamos con una librería muy antigua llamada, curiosamente, *El libro dislocado* ¿Y cuál es la sorpresa? Sylvie ve a Pierre Bourdieu, quien fuera su profesor de sociología y quien, además, la sugirió para dar la charla sobre Barthes, porque sabía que Sylvie estaba fascinada por esa forma bartheana de nombrar las palabras.

Se saludan y somos presentados. Este Pierre es un tipo sencillo, tanto que nos invita a tomar un café en el café Marais de la calle des Haudriettes. Comenzamos hablando primero sobre aspectos de la vida cotidiana, de sus andanzas por el mundo. Luego caemos en el tópico sobre el estructuralismo y así encuentro un espacio para preguntarle sobre Jacques Derrida. Me cuenta que lo conoció cuando era un estudiante de sociología y visitaba Koléa, una colonia cerca de Argel:

- Allí trabe conversación por primera vez con Derrida – cuenta Pierre –. Eso fue aproximadamente en el año 1957. Jacques no ha podido superar su destierro de Argelia, por eso hoy día anda más dedicado que antes a la política. Incluso lo han invitado a dictar clases en Estados Unidos, su pensamiento, dicen, ha tenido gran influencia en ese país, aparte de que allí se siente con más libertad.

Bourdieu recuerda sus reencuentros con Derrida, lo considera un filósofo muy importante. Nos dice que lo acaban de postular como director de estudios en la Escuela de Altos Estudios de París. Luego, nuestra conversación gira hacia otra temática: los medios de comunicación, especialmente al planteamiento sobre la lógica comercial a la que la sociedad está sometida, y con ello al proceso de despolitización que sufre el hombre tras la extrema producción de la comunicación.

Siendo Valerie periodista, le comenta a Bourdieu que, dada la existencia de una gran variedad de medios, ello implicaría una diversidad de modos de ver la vida y le pregunta si esto no significa mayor libertad.

- Por el contrario –insiste Bourdieu – justamente si se atiende a una lógica de la competencia, los productos se homogeneizan y esto hace que por lo general se tomen más en cuenta a los mismos anunciantes, y sondeos. Es cierto que se lucha por introducir diferencias en ese círculo de la información -agrega- pero siempre se está sometido a los índices de audiencia, la lógica comercial se va imponiendo sobre la lógica cultural.

– ¿Tú dices que la comunicación se da sin sentido, y que el contenido no es más que la misma comunicación? –pregunta Valerie.

– Creo que siempre hay que tomar en cuenta las diferencias de clases existentes, sobre todo cuando vemos que el poder de los medios se mide por su peso económico y su cuota de mercado –afirma convencido– *A la sociedad hay que verla como construcciones históricas* estableciendo diferencias entre las jerarquías sociales existentes. Mi visión estructuralista es totalmente diferente a la de Levis-Strauss, ya que en su perspectiva sociológica se trataba de superar dicotomías clásicas. Lo que yo planteo es que la comunicación que se da en la sociedad establece ella misma "el sentido", existe una lógica del mercado de la información, que exige que todo venga a ser objeto de la comunicación. Ello no significa mayor libertad, mayor emancipación, por el contrario, hay que demostrar las diferencias de clases que existen, sobre todo, repito, cuando el poder de los medios se mide por su peso económico y su cuota de mercado.

Llegada la hora, Pierre tuvo que marcharse. Nosotros seguimos recorriendo el barrio, pasamos cerca de la casa donde vivió Víctor Hugo, luego nos acercamos al Museo Carnavalet, no entramos porque elegimos visitar el Museo Picasso, que está cerca; y finalmente, un poco cansados, nos vamos a la plaza de los Vosges, que por cierto es una de las más antiguas de París, data de 1612.

En un café, pedimos algo caliente. Ya comienza a hacer frío. Sylvie se dirige a Pulcrito, quien no había hablado en toda la tarde:

- ¿Qué ideas rondan la cabeza de Pulcrito Delacroix?

Él, con su mirada distraída le responde:

- Pienso en todo lo dicho por *monsieur* Bourdieu acerca de la comunicación, y me pregunto si será cierto que esos medios de comunicación sustituyen el sentido por ideales de sentido, sí a través de la seducción se va disminuyendo el conflicto entre lo dado y lo posible.

Todos nos quedamos sorprendidos ante esa capacidad de respuesta que Pulcrito tiene a veces, cuando no está obsesionado con las bacterias. Siempre hemos sentido que está sumergido en su mundo imaginario, y de repente nos sale con algunos tópicos sorprendentes cargados de reflexión. Así es él, por eso me gusta que me acompañe a algunos sitios, como hoy. Personalmente, creo que la existencia de Pulcrito es una fuente de interrogación constante que le permite darle sentido a su vida. Pero bueno, apartando la manera de ser de este amigo tan peculiar, conocer directamente y haber escuchado cara a cara las palabras de un sociólogo como Pierre Bourdieu, tan reconocido en muchos países, fue una experiencia increíble.

LA DECONSTRUCCIÓN

Casi toda mi vida he estado escuchando sobre filosofía. Mi primera experiencia se remonta a aquella tarde de infancia cuando por primera vez escuché a Cioran y a sus amigos conversar, allí sentí una presencia interior. Y fue después de seguir escuchando y sentir voces en las chimeneas cuando empecé a experimentar esa presencia filosófica más a menudo.

Todavía siento que no puedo comprender el mundo, o por lo menos muchas de las explicaciones que se han dado sobre él. Pero, por mi parte, no me cansaré en la búsqueda. Hoy, por ejemplo, voy al encuentro con Derrida, o, mejor dicho, con su chimenea. Ignoro lo que voy a escuchar, espero oír a ese gran filósofo que se atrevió a demoler los modos de constitución de los saberes, a develar la lógica de las lógicas, será increíble.

Bajo en la estación Chatelet para ir al barrio Les Halles, hacia la pista que me dio Bourdieu. No me precisó si Derrida vive allí o sólo lo frecuenta. Conozco este barrio, algunas veces he venido con Pulcrito, a él le gusta porque dice que está lleno de bohemios e intelectuales.

El barrio se formó hacia 1135 y se caracteriza por tener una variedad de restaurantes, cafés, panaderías, así como el gran mercado que antes estaba en la plaza de Grève. Subo al tejado del edificio para buscar un buen sitio entre las chimeneas. Tomé la precaución de venir bien abrigado pues ya comienza a entrar el invierno y hace viento húmedo. Comienzo a escuchar algunas voces, oigo algunos nombres: Julia Cristera, Jean-Louis Houdebine, Guy Scarpeta, ¿son ellos o me lo parece?

Kristeva -presumo que es ella- hace una disertación acerca de los límites logocéntricos y etnográficos del modelo de la semiología, considerando que esta semiología se constituye sobre el modelo del signo, por tanto, de la comunicación y de la estructura.

Ante esa disertación sospecho que serán muchas las horas que voy a estar subido en este tejado de la calle Montorgueil que, por cierto, me hizo recordar una pintura de Monet, que lleva el mismo nombre de la calle. El cuadro lo vi con Sylvie en una exposición en el museo de Orsay. Sylvie me comentó que esa pintura ofrecía una visión distante de un paisaje urbano, como si Monet la hubiese pintado desde una ventana.

La calle es muy vistosa, llena de cafés, de restaurantes y, debo agregar, que también acogió a personas como Marcel Proust, Charles Chaplin y Dalí, pero bueno, no es momento para distraerme en recuerdos, la conversación de abajo se oye interesante. Me concentro y escucho cuando Derrida intenta explicar la problemática del signo; problemática porque cuestiona la posibilidad de un significado trascendental, sobre todo cuando se ha reconocido que un significado está también en posición de un significante.

La deconstrucción de este signo se hace difícil, ya que hay que pasar también por la deconstrucción de toda la historia de la metafísica que impone a la semiología la instancia de un "significado transcendental," lo cual –según Derrida– no es responsabilidad de la filosofía, al contrario, va más allá. ¿Qué liga a nuestro lenguaje, nuestra cultura, nuestro pensamiento? El sistema de la metafísica que nos impusieron, explica.

Por lo que estoy entendiendo de la conversación, toda la crítica de Derrida consiste en refutar la tradición del pensamiento occidental, utilizando como una de las premisas de análisis la escritura, el argumento utilizado es que la escritura ha sido relegada al habla, que no es otra cosa que la razón y la voz de esa habla considerada como más próxima a la verdad que la escritura, ya que ésta siempre aparece representada como artificio, ausencia, y eso -afirma- no es más que logocentrismo.

Otro de los que allí se encuentra, interrumpe diciendo: entonces *la phoné se presenta a la conciencia como la más unida al pensamiento del concepto del significado.*

> — *La voz es la conciencia misma, cuando hablo no solo tengo conciencia de estar presente en lo que pienso, sino de guardar en mi pensamiento un significante, que oigo tan pronto como emito* — responde Derrida.

Ahora el que va a interrumpir la conversación soy yo, ha pasado mucho rato y pese a que está muy interesante el tema, muero de hambre y frío, voy a bajar a comprar algo, afortunadamente la calle está llena de todo tipo de comida, y buenas panaderías. Me acerco a la Maison Sthorer que vende una casi infinita variedad de quesos, esta casa es nada menos que de 1730. Cerca está el restaurant L'escargot, fundado en 1875. Compro algo de queso y una *baguette* para llevar, y regreso de nuevo a mi chimenea. Entusiasmado con la conversación, y después de haber comido algo, puedo sintetizar que para Derrida todo proceso de significación es un juego formal de diferencia, lo que implicaría replantearse un nuevo concepto de escritura que sería el *gramma o différance*. En ese momento escucho cuando Derrida le dice a Kristeva:

> — *Julia, en esta différance, ningún elemento puede funcionar como signo sin remitir a otro elemento que él mismo tampoco está simplemente presente, este encadenamiento hace que cada "elemento" —fonema o grafema- se constituya a partir de la traza que han dejado los otros elementos de la cadena o del sistema.*

Este encadenamiento al que hace referencia Derrida sería un texto y sólo se va a dar en la transformación de otro texto, aquí se produciría un juego sistemático de las diferencias, de las trazas de esas diferencias. ¡Uff! Tengo que procesar esta información, saco una manzana y mientras la saboreo voy reflexionando en lo escuchado. Creo que esa razón logocéntrica y su verdad empiezan a ser destronadas, no hay muertes de ellas porque Derrida no cree en esas muertes, él prefiere hablar de límite, de mantenerse en el límite, entonces puedo decir que lo que hay es una relativización de la verdad, si eso es así, no se verá raro entonces que yo siga con mi mirada irónica frente a todos esos credos que se han formado, no sólo con la modernidad, sino en general en todo el pensamiento occidental.

Este giro lingüístico que se da con la propuesta deconstructivista de Derrida, me hace pensar en lo que he venido considerando como la crítica a la modernidad, en tanto categorías como sujeto, ética, verdad, etc., al ser desprendidas de su carga metafísica, de la idea de transcendencia, pierden su valor fundante y se relativizan, pasan a ocupar una categoría como cualquier otra, o ser reemplazadas por otros conceptos. Interesante ¿no? Yo podría, por tanto, ver a la sociedad como un texto y leerla en diferentes claves.

Vuelvo mi atención a la escucha. Derrida intenta explicar que, si él menciona el *gramma como différance*, no es cualquier diferencia que se vea por allí, al contrario, la *différance,* es el juego sistemático de las trazas, del espaciamiento por el que los elementos se relacionan unos con otros, y este juego es incompatible con el concepto de estructura. (Aquí se me vino a la mente la idea de los fractales). La *différance* se constituye históricamente como un tejido de elementos variados, y se va a entender más allá de la lengua metafísica con todas sus implicaciones. Esto significa pues – y aquí sigo a Derrida – que el logocentrismo es un idealismo, y ese idealismo sería su representación más directa, su fuerza dominante. Por tanto, la deconstrucción que propone Derrida es ver esas diferencias como un tejido.

Ese tejido estaría inserto en la historia, por lo que hay que entender la historia de la historia, la historia de la esencia; sin operar una mutación simple, así que no se puede, por ejemplo, tachar un nombre del vocabulario.

Derrida incita a elaborar una estrategia del trabajo textual, que a cada momento tome prestada una vieja palabra a la filosofía para después demarcarla y eso es lo que él llama texto, y lo que desborda los límites del discurso.

Mi pensamiento se distrae por un rato, observo a la gente caminar por la calle, salen y entran de los comercios, a simple vista no se ven diferencias, hay que buscarlas en los intersticios, en el lenguaje. Distraído como estoy, jugando con lo escuchado, no me he dado cuenta que hace rato no se escuchan voces. ¿Se habrán ido a comer? Bueno, no sólo de la filosofía vive el hombre. Esperaré un rato más a ver si la conversación continúa.

¿LO POSMODERNO?

Ha pasado mucho rato mientras espero que continúe la conversación de Derrida. Prefiero irme ya, el frío y el viento me abrazan fuertemente. Camino para estirar mis piernas hasta llegar a la iglesia de San Eustaquio, decido entrar para calentarme un poco. Ya adentro leo un poco sobre su historia. Su construcción fue iniciada en 1537, es de estilo gótico y fue aquí donde bautizaron a Richelieu y a Molière, éste último escogió esta iglesia para casarse. Luis IV también recibió aquí su comunión.

Salgo después de un rato, y más abajo observo la torre de Santiago, de origen medieval, con un estilo gótico que la hace ver muy llamativa, su altura es impresionante, me hace recordar la torre Montparnasse, muy alta y desde donde se ve París y la torre Eiffel con todo su esplendor y belleza. Voy por la calle de Sebastopol por el gran fórum de Halles, iré a casa a descansar para poder continuar mañana con mis aventuras filosóficas. Durante el camino una pregunta me viene a la mente. ¿Si la modernidad ha entrado en declive, qué otro pensamiento puede ocupar y explicar lo que está pasando? ¿Qué conceptos la pueden sustituir?

Llego a casa y recuerdo que mañana voy con Sylvie y Pulcrito al nuevo apartamento de Valerie. Se encuentra en la Calle Daguerre, en Montparnasse. Mejor voy a dormir, mañana será un día largo y movido.

Pasé toda la noche soñando con laberintos, parecía un sueño eisenbergiano, aunque no dejó de ser un sueño profundo. Es tarde, el día amanece más frío y gris que ayer. Me preparo un buen café y unas tostadas con mantequilla y mermelada, pues no tengo más nada en casa. Quedé en encontrarme con Pulcrito en la estación Saint-Michel para ir a casa de Valerie. Cuando llegamos a la estación de Montparnasse caminamos para entrar primero al cementerio porque quiero llevar una rosa a la tumba de Sartre, (he estado muy nostálgico en estos días). Lo recordé, cuando escuchaba su voz a través de la chimenea, cuando lo veía sentado en el Café de Flore hablando con sus amigos, o en las revueltas del Mayo Francés gritando consignas En este cementerio también están las tumbas de Baudelaire, Cesar Vallejo, Julio Cortázar, Emilio Durkheim y otros grandes intelectuales del pensamiento francés.

Continuamos y a unos pasos tomamos la Calle Daguerre. Es una calle muy amplia y larga, llena de ricos aromas por la cantidad de tiendas que en ella se encuentran. Entramos al apartamento de Valerie, ya Sylvie se encuentra montando una de sus pinturas, que le regaló a Valerie para su nuevo apartamento. La pintura parece tener una unión irónica que se traduce de un estilo a otro; es de tonos azules en una especie de degradación que le dan una forma muy armónica, sin marcar un aspecto definido e intenta mostrar que no hay ningún estilo expresivo, perdiéndose el sentido -el sentido a la deriva, como diría Barthes- y, como si lo dijera él, una *indecisión*, una indecisión que no acaba con nada, que lo que hace es desorientar a la norma, desafiar las normas culturales oficiales.

Lo primero que me preguntan es como estuvo el día de ayer y mi búsqueda incesante por el conocimiento filosófico. Les hago un resumen acerca de los planteamientos de Derrida y su desplazamiento del sentido en el seno de una racionalidad cristalizada. A lo que Pulcrito exclama, alzando su copa:

- ¡Viva una sociología vagabunda instalada debajo de la vida cotidiana!

- ¡A la mierda todos esos grandes metarrelatos!, como dice Lyotard –responde Sylvie.

– Lo de la mierda no lo dice Lyotard...–dije con extrema seriedad, y nos echamos a reír chocando nuestras copas.

Le explicamos a Valerie, que Jean François Lyotard es un filósofo, quién en 1979 publicó un texto titulado *La Condición Posmoderna*, y gracias a él se ha acuñado el término posmodernidad. En ese texto, Lyotard dice que el prefijo *Post* no debe entenderse en el sentido de un período siguiente, sino como una dinámica. Sylvie explica que ya desde los años 60 una nueva formación intelectual nació, y que ya no hay que preocuparse por formular una crítica global ante la falta de bases, sino que como hacen los artistas, hay que investigar, experimentar, inventar. Y concluye con un sonoro:

– ¡Porque nuestra categoría social, es la imaginación!

– Oye, Sylvie, ¿y no se corre el riesgo de que puedan colarse algunos pastiches epistemológicos? – pregunta Valerie, dejando salir una sonrisita sarcástica.

– Puede ser, pero lo importante de este concepto de lo posmoderno de Lyotard, es que una vez emancipados esos grandes metarrelatos de la modernidad, los sujetos (ahora los llamo personas) se están moviendo con sus propios recursos lingüísticos, no están apegados a discursos rigurosos ni académicos, y esos cambios los está produciendo la misma sociedad, la cultura posmoderna.

– Pero no hay que olvidar que un elemento clave en la postura de Lyotard, son los grandes desarrollos científicos y tecnológicos, y cómo ellos se están formando dentro del lenguaje, por lo que el conocimiento en la posmodernidad se está convirtiendo en moneda de cambio y, yo diría también, que en la fuerza más valiosa– agrego con contundencia para calentar el debate.

– Pero, ese discurso posmoderno no sólo se está convirtiendo en un léxico, sino también en gramática y lo más importante aún, es que empieza a tener su propia lógica de sentido – dice Pulcrito.

Hacemos una pausa para bajar a comprar a la pescadería y preparar el almuerzo. No pueden faltar unas botellas de vino para festejar el nuevo apartamento de Valerie. Ya de regreso, nos ponemos al mando de Sylvie, quien va a cocinar, pues le encanta la cocina. De primero, unas patatas Parmentière y ostras frescas, con pan y mantequilla salada.

Valerie saca unos pimientos dulces, untuosos y frescos. Pulcrito y yo sólo miramos, mientras escuchamos el estruendo de las cacerolas y el suave chistar de la mantequilla fundiéndose en la sartén. Sylvie pela las gambas con la misma maestría con la que hace una obra. Vierte un chorrito de aceite de oliva y agrega el curry en la medida exacta e inmediatamente echa las gambas. El contraste entre el amarillo ocre del curry y el rosa de los crustáceos es sensacional, no digamos el olor. Fuera del fuego y en una gran fuente blanca en la mesa, Valerie añade una copa de coñac y lo flambea para arrancarnos a todos un ¡Oooh! y un brindis por la cocinera. Ya en la mesa, continuamos nuestra discusión.

Valerie, de pensamiento muy racional y pragmático, tiene muchas dudas acerca de la existencia de la posmodernidad. Me apresuro en decirle que el proceso de posmodernización entró en escena desde hace muchos años una vez que la masificación de productos, de signos, ha inundado el mercado y con ello a la sociedad, esto hace que se produzcan cambios también en los modos de pensar de las personas, y va a existir como dato de la realidad, como un estado de cosas, o del estado en que quedan las cosas una vez que se produjo la crisis de la modernidad. Esa crisis puso una cierta onda cultural, y yo diría que hasta un estilo teórico.

- Entonces, ¿igual que la modernidad, también esa posmodernidad puede entrar en crisis? –Pregunta Valerie.

- Claro que sí, estas novedades que estamos viviendo, más adelante serán caducidades y se convertirán en rutinas de lo cotidiano, pero a diferencia de la modernidad –continúa Sylvie – en el arte, por ejemplo, se puede jugar con varias racionalidades porque ese arte convive con las diferencias, no está apegado a ningún tipo de fundamentación científica, por lo que, si quieres mirar al arte, a la ciencia o a la sociedad tienes que tener diferentes claves de lectura.

Alzamos nuestras copas y Pulcrito, con una de sus ocurrencias, añade:

- ¡Brindemos por ese discurso posmoderno que le está imprimiendo a los lenguajes nuevas cadencias, nuevas propiedades enunciativas y peculiares dispositivos que nos permitan convivir en una sociedad menos coercitiva!

- ¡Salud! – gritamos al unísono chocando nuestras copas. Es una velada magnífica en la que el alimento del cuerpo y el del espíritu se complementan a la perfección.

ÓPERA GARNIER

Está ubicada en el distrito IX, fue construida en un estilo neobarroco por el arquitecto Charles Garnier y hasta 1978 fue llamada Academia Nacional de Música, ahora renombrada Teatro Nacional de Ópera de París. Este teatro tiene una capacidad para dos mil doscientos espectadores y un escenario para cuatrocientos cincuenta artistas.

Estoy detallando palmo a palmo cada espacio de este lugar y descubro que casi todas sus paredes fueron decoradas con frisos multicolores elaborados en mármol, también sus columnas. Hay unas hermosas y lujosas estatuas, que en su mayoría representan deidades de la mitología griega. En la fachada frontal están los bustos de Mozart y Beethoven. El interior está adornado en terciopelo, hojas doradas, ninfas y querubines. La araña de luces en el auditorio central -dicen- debe pesar más de seis toneladas. Cuando fijo mi mirada en el área del teatro, me doy cuenta de que hay una pintura de Marc Chagall de 1964. Creo que desentona con este estilo neobarroco.

Por hoy ya he acabado de limpiar, el ayuntamiento siempre puede contar conmigo, pero en sitios como éste no hay conversaciones, ¡Ay, que daría yo por limpiar en una noche de gala llena de políticos y famosos! Finalizo mi jornada (un trabajito extra) y puedo ver el montaje que están haciendo tras el escenario, es la presentación de la pieza *Bailando con otro* de un grupo llamado *Los Malqueridos*

Como nadie se ha percatado de mi presencia y dado que siempre visto de oscuro, me quedo viendo el espectáculo. Hay alrededor de cincuenta personas en el escenario: bailarines, saltimbanquis, músicos, cantantes. Observo, entre sorprendido y extasiado, es la primera vez que veo un espectáculo de esta naturaleza; las luces en el escenario deslumbran, han montado una escenografía que impacta: grandes máquinas que se mueven, aparatos con simuladores, al fondo una pantalla con imágenes que cambian rápidamente.

El espectáculo comienza con un grupo de bailarines danzando alrededor de una figura que simula la muerte y que está sentada en una máquina cual, si fuera un trono, representa la era de la civilización industrial, una civilización decadente donde la muerte es la razón última de esta cultura. De pronto aparece la figura de la muerte y a través de ciertos movimientos muestra su presencia y su fuerza. Las maquinas son las protagonistas en una escena en la que se entienden como signo de dominación de esta era, mientras los bailarines danzan con miradas llenas de angustia, ante la destrucción que implican estos aparatos.

De pronto, a la izquierda del escenario aparece una figura que personifica el espanto, lo cual se logra por la voz de una cantante lírica, con música digitalizada de fondo, lo que hace que el espectador se sienta parte de la escena. Este nuevo personaje se enfrenta al poder, para ello han utilizado imágenes del Apocalipsis. La escena se convierte en una especie de infierno desacralizado.

Frente a la amenaza de la muerte total, se abre una escena con imágenes virtuales que simbolizan los medios de comunicación, que garantizan los lazos de una comunidad sometida, disminuyendo el contraste entre las diferencias de los dominantes y los oprimidos.

Finalmente, todo el escenario se convierte en una escenografía con actores personificando una forma nueva de culto a la muerte, se trata de una nueva religiosidad que permite una cohesión social distinta. Los personajes en escena entonan una canción que hace un llamado a una distinta religiosidad. En ella, el papel de los medios de comunicación se transforma en una modalidad distinta, donde su complicidad con la destrucción la eleva a principios inapelables.

Al escenario le dan unos efectos de luces e imágenes con ayuda de la tecnología que me llaman la atención. Miro todo sorprendido, observo, por ejemplo, cuando los actores con sus movimientos expresan angustia y se desvanecen porque no sienten las fuerzas para nombrar esa angustia, y sus miradas quedan petrificadas por el miedo.

Aquí recordé las apreciaciones que hizo Bourdieu, cuando aquella tarde en el café Marais nos decía que los medios de comunicación ya no son más el espejo de la realidad, ya no representan la realidad, sino que producen realidad. Los medios de comunicación convierten las representaciones en ideales cargados de sentido. Por eso, la angustia de la muerte, se convierte en algo indiferente, la indiferencia del hombre hoy es recogida por los medios y en esa medida la incorpora a un proceso de estatización de la sociedad. En la medida que haya más tecnología, hay más producción de signos, se da como una especie de realismo múltiple que exacerba el individualismo, un individualismo que sólo quiere alimentarse a través de las imágenes que producen los medios. El aumento en la producción de las máquinas produce angustia...de la muerte, pero a la vez aniquila esa angustia, ya que te incita en forma vertiginosa a nuevos cambios.

Me ha gustado la obra. Voy a casa, cada vez más convencido de la importancia del arte (aquí recuerdo a Barthes cuando dice que la palabra a través del arte no es simple instrumento o decoración, sino signo y verdad). Debe ser un arte que genere problemas y preguntas, que se sienta en profundidad, y no simplemente que nos hable de su instrumentalidad o su belleza.

Y tiene que ser así, sobre todo hoy en día con ese ritmo frenético de las invenciones tecnológicas que invaden con la realidad virtual nuestra vida cotidiana, y producen cambios en las estructuras de la percepción y del sentir. Lo que pasa en la vida cotidiana también pasa en el arte, en consecuencia, los artistas siempre deben estar en sintonía con las nuevas sensibilidades.

Salgo de la Ópera. Ya es de noche, sin embargo, toda la gente caminando por el bulevar Haussmann impregnan de vitalidad esta zona que cada día soporta el encendido de luces de las Galerías Lafayette, unas luces que dicen que todavía en París brillan los focos que recuerdan los signos del esplendor de la ilustración francesa, de la burguesía de fin de siglo, y del capitalismo moderno.

Es este mi París, y sin querer comienzo a taratear aquella canción: *Je deux amour mon pays et París par eux toujours mon coeur est ravi.* Entiendo a todos los que se enamoran de esta ciudad; a los jóvenes estudiantes, con su bullicio, que, junto a la bohemia artística e intelectual, han convertido a esta ciudad en el lugar de los grandes movimientos intelectuales: las vanguardias artísticas, los grandes creadores de la moda, las escuelas filosóficas. Puedo ver los sueños ilustrados en los museos, en los palacios, en las grandes avenidas como ésta. Sin embargo, cada día siento que esa sobresaturación de signos que crece, origina nuevas oleadas de innovación. Se trata de crear estilos múltiples que imiten la vida social, y que a la vez generen fragmentaciones de normas lingüísticas, por lo que vivimos una era de la inmediatez.

Recordé a Lyotard cuando anunciaba que términos como narrativa, metáfora, texto y discurso, han sustituido viejos vocablos como función, determinación, y es por eso que se va produciendo el desmantelamiento de esos grandes metarrelatos de la modernidad. Como es de esperarse se produce una resignificación de signos.

Con todos estos pensamientos rondando por mi cabeza, ni cuenta me doy cuando me acerco a mi casa. En el bar de abajo veo a Pulcrito. Nos quedamos conversando y aprovecho para comer, entre una cosa y otra hoy no lo había hecho en todo el día. Le comento sobre la obra que acababa de ver. A Pulcrito le llama la atención y, no sé por qué razones, me recomienda que averigüe de un sociólogo que habla sobre una teoría de la seducción y la simulación. Que plantea que ese simulacro comienza cuando ya no hay espectáculo ni escena, ni teatro, ni ilusión, y todo se hace inmediato, transparente y visible.

Siento que cuando Pulcrito habla sus ojos brillan. Me confiesa que ese filósofo, llamado Jean Baudrillard, lo tiene fascinado. Al instante me percato de que este planteamiento supone una visión apocalíptica y ya me imagino el porqué de la admiración que siente Pulcrito.

Es así como me dije para mis adentros que no estaría de más husmear por los tejados del barrio La Bastilla, que es por donde vive Baudrillard, según me dice Pulcrito. ¡Siempre hay razones para seguir deshollinando y escuchando!

EL SIMULACRO

Será cierto que hay una proliferación de imágenes debido a la masificación de medios de expresión? ¿Dónde queda el concepto de realidad? ¿Será posible tener una autoconciencia en una realidad erosionada? ¿Se han generado múltiples discursos como planteó Foucault? ¿El lenguaje se encuentra fragmentado y hay que buscarlo en los intersticios como dice Derrida? Con todas estas interrogantes subo al tejado del edificio en el que se supone habita Jean Baudrillard. Tengo la esperanza de despejar mis dudas acerca de las representaciones que antes eran centro de la ruptura, de los cambios y lo innovador. Por lo que me comentó Pulcrito, para Baudrillard las imágenes han cobrado más valor en cuanto ellas son las que generan lo real.

En medio de estas reflexiones me encuentro bien acomodado en la chimenea de Baudrillard esperando escuchar voces mientras contemplo el bullicio del Barrio La Bastilla, que en los últimos años se ha convertido en un lugar de moda de la vida nocturna. Aquí en este barrio se encuentra el muro de La Bastilla, una fortaleza que protege el costado frontal de la ciudad de París.

En esa gran fortaleza, construida en 1370 por el arquitecto Hugo Aubritot, hubo varias prisiones. Desde este tejado puedo observar La Bastilla y las fuentes que se encuentran en la calle de La Roquette. La Bastilla tiene un alto significado en la revolución francesa, ya que fue aquí, con la famosa toma de La Bastilla, donde el 14 de julio de 1789 se dio inicio a la Revolución Francesa.

En estas meditaciones me encuentro cuando escucho hablar a Jean Baudrillard (no identifico con quién), diciendo que el signo hoy día es arbitrario, ya que antes podía ligar a las personas, en cambio en estos tiempos no necesariamente se está obligado a remitirse a algún significado, podemos jugar con él. Continúa hablando y dice que esa dispersión de signos hace que ya las ideas comiencen a separarse de sus acciones, de su esencia, de su valor, de su referencia, pero lo peor es que las cosas siguen funcionando cuando ya su idea tiene tiempo desaparecida.

¿Será por eso que hay una especie de indiferencia hacia las cosas? ¿Hacia las personas?, me pregunto. Inmediatamente oigo una voz que le comenta a Baudrillard: que *todo lo explicado nos hace remitir a un hecho concreto, por lo que cuando las cosas se generalizan pierden su especificidad.*

Baudrillard le explica que la mayoría de las imágenes no tienen huella, ni sombras, por tanto, sin consecuencias, son la transparencia misma. Las imágenes se despojan de sus discursos, pero ganan en fascinación y se vuelven objetualidad pura, se hacen transparentes a una forma de seducción más sutil.

Aquí yo coincido con Bourdieu en la importancia que cobran los medios de comunicación, los cuales en su mayoría son portadores de esas imágenes; esos medios no jerarquizan en sus contenidos. Eso es muy cierto, a veces cuando veo televisión me doy cuenta de que estoy viendo una noticia importante, y ¡zas! se pasa a las banalidades sin ninguna jerarquía; eso puede significar que la indiferencia del hombre de hoy es por exceso y no por defecto, o acaso por una cierta manipulación ideológica que promueve esta indiferencia.

Escuchando a Baudrillard, y tratando de buscar un ejemplo, tenemos que los medios lo que hacen es disminuir el contraste o conflicto entre lo dado y lo posible, por eso vemos como los medios y la gran maquinaria capitalista perfeccionan las maneras de disminuir esos conflictos.

Según Baudrillard, este es el proceso de la seducción, que obedece a un tipo de control social menos coercitivo. Escucho cuando dice que *nos acercamos a la más alta diferenciación de la imagen, por lo que se va perdiendo la ilusión misma.* Se detiene por unos segundos y continúa: *ya eso hoy día es una imagen de síntesis, una realidad virtual. Por lo tanto, esa hiperrealidad esta vaciada de sentido, ya que, si esa imagen que antes soñaba ahora se ha convertido en realidad virtual, las cosas se vuelven transparentes y pierden ilusión.*

Afloran mis recuerdos (o mis escuchas) y pienso, ¿dónde queda la ironía? En los términos de Baudrillard la ironía pertenece al objeto y no al sujeto, como en los clásicos, o la época moderna, sino que se traslada al objeto y por ello algunos hablan de la parodia vacía. Sigo prestando atención cuando Baudrillard menciona al signo, y dice que antes éste servía de comunicación, en cambio ahora se ha emancipado, queda libre para un juego combinatorio, se va integrando a la pura circulación. En esa circulación, esos signos se convierten en hiperreales, dando paso a un proceso de simulación que liquida todo referente.

Ahora entiendo ese culto que se le da a la experiencia inmediata, a su efecto simulado. Es, diría yo, el exceso de signos donde el elemento de la temporalidad desaparece para dar paso a un presente contínuo construido a través de significantes aislados que parecen no unirse a una secuencia coherente. ¿Y dónde queda entonces la originalidad que tanto propugno el arte de la modernidad? Escucho a Baudrillard: *se da una simulación de estilo, carente de toda relación con el tiempo, buscando lo exacto, lo hiperreal, el vértigo, no se busca alteridad, por lo que entonces se pierde la ilusión, ya que, en la mayoría de los casos, la imagen es más real que la misma realidad.*

Se me ha hecho tarde, estoy muy cansado, me voy a casa. Bajo por la Calle Lapre, donde la vida nocturna es muy vibrante. Esto parece contradictorio con lo que le escuché a Baudrillard cuando decía: *la técnica apagó todas las señales de placer que procura lo táctil, la adivinación de una forma, puesto que ese hiperparecido muestra una imagen en donde ya no hay nada que ver, solo una inútil objetividad de las cosas.* Espero que no se esté refiriendo al placer de la borrachera y al goce de la virtud, esta es una absurda reflexión que hago con lo escuchado para no aburrirme, y que se me ha ocurrido al ver a esos jóvenes embriagándose y riendo.

La interpretación de Baudrillard trata de esas imágenes que nos ofrece la tecnología, porque para este pensador *el mundo impone su discontinuidad, su fragmentación, su instantaneidad artificial.* Para mí, en cambio, hoy ya no se trata de una crisis de legitimidad o no de los discursos de la academia, de lo que se trata también es de que una vez que se inundan los límites entre la alta cultura y la cultura de masas se producen nuevos discursos, signos, dándose una expansión en el ámbito de la cultura, no en vano el aumento de medios de expresión cultural se ha diversificado y ampliado.

Al fin en casa, me dispongo a dormir cuando suena el teléfono. Es Sylvie, pidiéndome que la acompañe mañana que llega a visitarla una amiga filosofa y quiere dar un paseo por París; luego se nos sumaran Valerie y Pulcrito. Le respondo que sí, charlar con mis amigos me hace poner los pies sobre la tierra.

UN DÍA DE VISITA EN PARÍS

La brisa mañanera me toca la cara mientras espero a Sylvie en la librería Gibert Jeune, miro el paisaje casi vacío de turistas a esa hora de la mañana, son casi las nueve. Veo la fuente de Saint-Michel, justo enfrente, no hay nadie aún, está igual de solitaria. Esta fuente, obra de Francisque Duret, es una especie de arco de triunfo, tiene la figura del arcángel Miguel que representa la lucha entre el bien y el mal.

A los pocos minutos llega Sylvie y me dice que su amiga Rayda Guzmán no tardará en aparecer, quiere aprovechar el tiempo porque en dos días regresa a España, donde vive desde hace 10 años. Mi amiga me cuenta que Rayda es una filósofa venezolana, que se vino a Europa en busca de nuevos horizontes, cargando sólo un saco de pensamientos -la mayoría nietzscheanos- que hasta ahora la acompañan.

Imagínate, cargar en una sola mochila a Nietzsche, Gadamer y Vaihinger, no es fácil, pero se ve que ella lo hizo. Sylvie me avisa que Rayda ya llegó. Cuando volteo, veo a una mujer alta y delgada, de piernas largas, con un vestido negro, botas altas y una chaqueta gris. Sylvie hace las presentaciones y luego comienzan a hablar, yo me limito a escuchar y observar. La forma de hablar de Rayda y su manera de expresarse deja entrever su profesión, así como un estilo muy particular. Vino invitada a una conferencia cuya temática central será sobre el "fin del sujeto". Domina varios idiomas, por lo que escucho, y el francés lo habla casi sin acento. Su presencia me abruma, creo que transpira mucha erudición para mí, ¿o será ese perfume de Carolina Herrera?

Nuestro paseo comienza con la catedral de Notre Dame, lugar escogido por Sylvie ya que le gusta mucho el estilo gótico de esta iglesia rodeada por las aguas del Sena, cuya edificación comenzó en el año 1163 y culminó en 1345. Rayda recordó cómo estas catedrales góticas aquí en París estaban ligadas a la idea de esplendor y monumentalidad. También menciona un libro sobre la edad media como edad de la luz y no de la oscuridad, creo que dijo que la autora es una tal Regine Pernaud. A mí esta iglesia me recuerda la época del romanticismo y a Víctor Hugo, cuando en 1831 escribió *Nuestra señora de París*. Los acontecimientos se sitúan en esta catedral, durante la edad media, y la historia trata de Quasimodo, un personaje que tenía una joroba y un ojo brotado, pero a la vez era muy tierno y hacía que su fealdad no se notara a los ojos de una gitana llamada Esmeralda, de la cual se enamora.

Haciendo gala de mi cultura parisina, comento que en esta catedral coronaron a Napoleón Bonaparte y beatificaron a Juana de Arco. Continuamos nuestro recorrido y nos vamos hacia el Museo de Louvre, que se encuentra ubicado en el antiguo Palacio Real del Louvre. Sylvie, como buena estudiosa del arte, nos dice que este palacio se remonta al siglo XII y fue embellecido con ampliaciones renacentistas. Fue Carlos V quién acumuló sus colecciones artísticas para ser llevadas al Louvre.

> – Pero que no se nos olvide que quien esbozó este proyecto del Louvre fue Catalina de Médicis y lo continuó Luis IV– añade Rayda.

Yo me digo: ¡Vaya par! Hoy mediré mis palabras milimétricamente porque éstas son muy sabihondas.

> – Sí, así es –prosigue Sylvie– este museo contiene aproximadamente cuatrocientas cuarenta y cinco mil piezas, aunque sólo se exhiben treinta y cinco mil. Sorprende, ¿no? Compré las entradas porque imaginé que querrías dar una vuelta, nada exhaustiva, pero creo que hay un par de 'imperdibles' que siempre hay que visitar. ¿Pasamos?

Entramos al museo. Rayda lo tenía muy claro, sólo le interesaba ver La Gioconda; la Victoria de Samotracia, que estuvo contemplando un largo rato sin decir palabra; y Los Esclavos de Miguel Ángel. Sylvie, amablemente, le insiste que si quiere dar una vuelta más larga no hay problema, ella en cambio le dice que con esto está feliz por el resto de su vida.

Así que decidimos continuar nuestro paseo. Esta mujer se va soltando, haciendo bromas inteligentes y contando cosas del país de al lado, como dice ella. Del museo salimos hacia el Jardín de Las Tullerías y de allí a los Campos Elíseos, llamada por los franceses "la plus belle avenue du monde". Mide 1.910 metros y va del Arco del Triunfo hasta la plaza de la Concordia.

A esta avenida le viene su nombre de la mitología griega –dije yo tímidamente- porque designa la morada de los muertos; es reservada a algunas almas virtuosas. Seguimos caminando por la avenida y observamos algunas tiendas de lujo: Chanel, Dior, Louis Vouitton, Hugo Boss ¡Qué diferencia con la primera vez que mi padre y yo subimos a deshollinar por aquí! No puedo quitarme a Baudrillard de la cabeza.

Llegamos hasta el final de la avenida, al Arco del Triunfo que se encuentra en la parte alta de los Campos Elíseos, en la plaza de la Estrella. Estamos un poco cansados, entramos a un café a tomar un aperitivo y conversar con más calma. Rayda comienza a contarnos cómo llegó a España y las vicisitudes que pasó cuando decidió quedarse a vivir en Barcelona. Al principio se sentía abrumada por el cambio de país, de empleo, de cultura, pero dice que está segura de una sola cosa: que quiere seguir haciendo filosofía, sea como sea.

– Soy filósofa y no sé hacer otra cosa, o no quiero– así lo resume.

Para mí, es como un personaje de mis chimeneas. Todos pensarán lo mismo. Y sin querer miro por encima de su cabeza buscando esa chimenea por la que se deben escuchar sus pensamientos. Creo que me estoy volviendo loco.

- De hecho, estoy aquí en París para dar una conferencia sobre mi tema que es la ficción – comenta.

- Interesante –digo– ¿Y de qué trata?

- ¿La ficción? –se pregunta– No es fácil de explicar, por eso comienzo por su etimología y cómo ese término viene del verbo latino *fingere*, que significa representar, modelar, imaginar. Sylvie interrumpe a Rayda para preguntarle sobre la utilidad de las ficciones a nivel conceptual.

- Bueno, son de utilidad en la medida en que ellas nos permiten acercarnos a la realidad, y dado que estas ficciones no son ni verdaderas ni falsas, no se pueden negar, *las ficciones son como los jugos gástricos, medios que facilitan el aprovechamiento de los alimentos, pero no son los alimentos.*

- Y, hablando de alimentos –dice Sylvie–, esta noche invité a dos amigos para que cenemos en el restaurante Le Gribouille de la Calle Rivoli, así podemos seguir charlando sobre las ficciones. Quiero que conozcas a mi amiga Valerie y a Pulcrito, un personaje que parece de ficción. Rayda aceptó encantada y como son casi las dos de la tarde nos apresuramos a pedir algo de comer que no fuera ficticio.

UNA CENA DE FICCIÓN CON RAYDA GUZMÁN

Cuando Valerie, Pulcrito y yo llegamos al restaurante, ya Sylvie y Rayda están allí. Escuchamos sus risas, a saber, qué tipo de sarcasmos intercambian. A Sylvie, sus ojos verdes le brillan más que nunca. Rayda, a su lado, viste de negro, esta vez pantalón y suéter cuello alto, con un abrigo corto rojo, lleva una boina que le da un toque intelectual y bohemio. Una vez hechas las presentaciones, entramos a la sala, nos sentamos y pedimos una botella de vino tinto Vosne Romanée.

Pulcrito, hoy locuaz, cosa rara, le pide a Rayda que le explique acerca de su conferencia y le aclare, más específicamente, lo de las ficciones. Rayda, en un intento de síntesis, resume su ponencia. Nos explica acerca del concepto de ficción, su utilidad y sus premisas básicas. Pone mucho énfasis en que lo más importante es cuando la *ficción, al ser usada como concepto, lo sea con conciencia de su falsedad y de su inadecuación relativa, pero a la vez con conciencia de su fecundidad y utilidad también, toda ficción resulta de una conciencia expresa que la sabe ficción, por eso no se le exige realismo alguno.* Nos advierte que existe el riesgo de confundir una ficción con una hipótesis:

- ¡Grave error! –dice– ya que las ficciones son el medio del que hace uso nuestro pensamiento para lograr un fin determinado.

Nosotros, atentos al resumen que nos hace, ni siquiera hemos tocado el vino que ya tenemos en la mesa. De repente Pulcrito la interrumpe y le pregunta cómo funcionan esas ficciones a nivel personal. Rayda, tomándose un trago de vino con cierta exquisitez (nosotros la seguimos), le contesta:

- *El yo es una ficción personificadora, allí se condensan procesos que nos sirven para nombrar los fenómenos que padecemos: afectos, pasiones, instintos, etc. Necesidad de pensarnos únicos y sin fisuras.*

Pulcrito se queda largo rato pensativo, a lo que Sylvie, con un chasquido de los dedos, le dice en tono jocoso:

- ¿Qué pasa Pulcrito Delacroix, descubriste que eres una ficción?

Rayda, aguantando la risa, continúa:

- *El sujeto como concepto, se debe entender 'como si' el ser humano pudiera poseer una estructura unitaria, es un 'como si' nuestras más diversas acciones y pasiones pudieran ser reducidas y localizadas en un todo estructurado.*

Mientras Rayda habla, mi mente trata de relacionar lo planteado con la postura de Jean Baudrillard. De repente, me armo de valor y le pregunto si la imagen es una ficción, a lo que ella contesta enfáticamente:

- *No, la imagen no es una ficción. Una colonoscopia no es una ficción, es una imagen de nuestro cuerpo. La imagen representa una realidad. Una imagen de un unicornio tampoco es una ficción, representa a un ser fantástico.*

- *Una ficción como el número UNO tiene una imagen '1' o signo, pero esa imagen no es ficción. La ficción o 'como si "es un constructo lógico que ayuda a entender la realidad, por eso es perecedera, porque la realidad es cambiante, sólo basta encontrar los argumentos lógicos que la disuelvan.*

- ¿Entonces la ficción es 'como si' algo fuese realidad? – interrumpe Pulcrito.

- No, Pulcrito, no es precisamente así. *Es un 'como si' que se asume como una realidad mientras no encontremos un mejor concepto o una mejor explicación. Mi tesis va más allá: no hay mejor concepto ni mejor explicación debido al carácter heurístico del conocimiento que lo hace absolutamente ficcional (al conocimiento) porque la interpretación es infinita. En otras palabras, jamás tendremos una última versión de la realidad.*

Aquí me atrevo a hablar y le comento a Rayda sobre mis escuchas en la chimenea de Baudrillard. Ella está boquiabierta. Le digo que éste insistía en que la imagen es una ilusión de la realidad y que esta imagen se ha vuelto tan real, por efecto de los medios de comunicación, por lo que ya no se puede imaginar lo real.

– *Creo que, de ser así, se estaría confundiendo por una parte imagen, por otra parte, una facultad que es la imaginación* – dice en un tono bastante serio –. *Lo que sucede cuando se imagina es que estamos frente a una realidad claramente percibida e incluso verificable y una posibilidad de esa realidad, todo al mismo tiempo. Por ejemplo, en la mente del artista yace el recuerdo de una realidad, un color, un estado de ánimo. Al querer convertirlo en imagen, lo primero que haría, pongamos de ejemplo a Sylvie, es que imagina, crea una posibilidad. Entonces estudia esa posibilidad, considera materiales, medios de expresión y su capacidad.*

Sylvie asiente con la cabeza reafirmando lo dicho por Rayda, y yo aprovecho ese momento para añadir:

– O sea, que según lo que nos has planteado, para ti la ficción es formadora de conceptos que nos hacen accesibles la realidad, pero en cambio –y disculpa si vuelvo a Baudrillard– para él la imagen es más real que la misma realidad.

– *El asunto, y aquí está el tema –explica– es que no es lo mismo la imagen que la ficción y esta confusión es la que te ha generado la pregunta. No obstante, hay algo interesante. Y es que, si hay una producción inútil de objetivación, ¿cuál es el papel de las ficciones aquí? La respuesta es obvia, también habría una producción excesiva, que no inútil, de ficciones para lo cual habremos de gastar un tiempo ingente en demostrar su idoneidad. Eso me hace sospechar que quizá sea este el mecanismo por el cual hay 'infoxicación', es decir, sobrecarga de información, teorías, interpretaciones del mundo, que en lugar de aclarar su sentido lo enturbian y provocan confusión y frustración. En consecuencia, se esfuma la ilusión, pero ¿cuál? La de poder contar con una comprensión de la realidad, aunque sea fallida.*

En este momento, Pulcrito, fascinado aún por Baudrillard, trata de resumir en una pregunta lo que considera esencial en esta conversación:

– Entonces, si para Baudrillard existe una inútil objetividad de las cosas, ya que las señales de placer se han ido, apagando todo referente, ¿qué papel juegan las ficciones cuando ya el concepto de realidad se ha hiperrealidad?

– El asunto, Pulcrito, es que *las ficciones no se tocan con las realidades, las sustituyen de un modo tan efectivo que, como siempre he sospechado, se confunden con ellas. Nietzsche lo vio muy claro cuando denunció la pereza del conocimiento. Si no buscamos razones que clarifiquen nuestras temporales interpretaciones de la realidad, si creemos en verdades definitivas, entonces cualquier suposición es una verdad, y yo lo creo así. Nuestro mundo está hecho de suposiciones, no de verdades porque no las entenderíamos. La naturaleza humana es perezosa y cambiante.*

- Sylvie mira a Pulcrito con picardía y Rayda prosigue:

- – *Y cuando quiere acceder a la Verdad no usa la razón, usa la Fe y huye de las explicaciones. Irónico, ¿no?*

- De nuevo, me atrevo a preguntarte: ¿Nos pueden acercar las ficciones, como conceptos, a una realidad carente de ilusión, como dice Baudrillard? Las ficciones también mueren, tú lo has dicho, Rayda– insisto.

- *Vamos por partes* -dice ella en ese tono que denota unos cuantos años de profesión–, *Las ficciones no son conceptos, son "momentos de transición para la mente desde los cuales se establecen las diversas relaciones entre las sensaciones" son 'como-síes'. Si, ellas nos pueden acercar a una realidad del tipo que sea, carezca o no de ilusión. Ellas nos pueden verificar lo dicho arriba, y es que estamos tratando con tantas ficciones que ya no sabemos para qué sirven. Servían para aliviar el anhelo humano de conocimiento. Entonces, para recuperar la ilusión hay que recuperar el sistema productivo ficción-verdad, a sabiendas de que se trata de un sistema infinito, transversal y efímero. Las ficciones mueren porque la lógica de la verdad se impone sobre ellas, pero sobreviven porque esta imposición no es definitiva.*

La conversación sigue hasta tarde entre tragos y chistes, yo ya no puedo describir la deriva filosófica y así, todos relajados, dejamos a un lado tanta teorización para hablar de cosas más cotidianas. Rayda, por ejemplo, cuenta anécdotas de su país, Venezuela; nos dice que allí el buen humor, la picardía, siempre aparecen aún en los malos momentos; que la academia es, como esta conversación, un lugar para pensar, hablar y encontrarse con los amigos, aunque también hay idiotas, como en todas partes. Sylvie opta por seguir haciéndole bromas y comentarios mordaces a Pulcrito; y Valerie cuenta su experiencia como periodista, recordando su famosa entrevista a la *gran dama*. Nos reímos hasta más no poder, y llega la hora de despedirnos. Rayda tiene que preparar la conferencia y pasado mañana regresará a España, así que ya no nos veríamos. Pasamos una velada muy agradable, es un placer haberla conocido, es como una de nosotros, la amiga que nos faltaba, esperamos volverla a ver.

DE VACACIONES

Hoy amanecí fastidiado, no sé qué pasa. A veces creo que de tanto estar subido a los tejados he perdido relación con el mundo real, a no ser por los tres amigos que tengo. Quisiera dejar de mirar a la gente desde arriba, debería escuchar y entender a las personas cara a cara. No sé si me atreva. La sensación que tengo es extraña, como si fuesen recuerdos tantas escuchas, recuerdos de esos esplendores de luces, de esos saberes que brotan de las chimeneas. Me agradan esos recuerdos, sobre todo aquellos días en que salía muy temprano en la mañana y regresaba con una sonrisa iluminada tras haber escuchado a esos filósofos.

¿Cuántas veces mi pensamiento se ha sumergido en las chimeneas como quien se sumerge en lo desconocido? Vano sería pretender llevar la cuenta, cuando siempre he experimentado el mismo placer. Recuerdo haberme sentido un ser ajeno a esas conversas, pero a la vez introducido en esa jerga filosófica. Ni mis amigos, tan persuasivos, me hicieron cambiar de opinión para que dejara de husmear. ¡Qué va! Hoy llega a mi memoria Sartre, lo escuché siendo muy joven; a Derrida, ya en mi madurez. Varios nombres, varios recuerdos empiezan a superponerse, ellos le otorgan a mi memoria la profundidad de la autenticidad, por lo que mi corazón se llena de emoción.

Paseo por el río Sena para que mis recuerdos no se conviertan en nostalgia. ¿Tantas interpretaciones sobre el mundo acaso no nos deberían angustiar? Pero enseguida me respondo que es bueno poder precisar las experiencias vividas, sobre todo por la rapidez con que cambian hoy día. Por eso la pregunta, o la inquietud acerca del conocimiento, que no hace más que atormentarme, vale la pena, de no ser así no me imagino de qué otra forma sería mi vida. Ya no hay vuelta atrás.

La mirada sobre el paisaje del Sena reconforta mi espíritu. Pienso que tengo que disfrutar de este mundo que convive con las diferencias, por lo que puedo jugar con varias racionalidades y así no me apego a ningún tipo de fundamentalismo, soy más libre. Me apego a lo que la vida hasta ahora me ha dado, y carezco de ansias de universalidad.

Es cierto que esa razón que tanto he criticado nos permitió la creación de otros mundos, pero nos llevó a ver esos mundos de una manera sistemática, apriorística, generando a veces angustia. Por eso, reconocer diferentes teorías, interpretaciones acerca del mundo, nos acerca a otros elementos que son dejados a un lado, como, por ejemplo, aquel que nos da el placer estético, la sensibilidad, que nos permite no sólo aprender, sino construir, encontrar sentido, pero también dar sentido.

A lo mejor era eso lo que Nietzsche proponía, la situación en la cual el hombre abandona el centro para dirigirse hacia la X, porque lo que existe es una desvalorización de esos valores supremos que la razón ha vendido como el centro de todo.

Sigo mi paseo por el Sena, había comenzado por la plaza de La Concordia, para luego seguir por la Torre Eiffel, el Museo del Louvre, hasta llegar al Puente Nuevo. Ahora me dirijo al Barrio Latino y me adentro por las callejuelas plagadas de turistas para perderme con la muchedumbre.

Regreso a mi calle, ya cayendo la tarde, y me quedo en el bar que está debajo de mi edificio. Al poco tiempo veo acercarse a Sylvie, Valerie y Pulcrito.

– Te tenemos una noticia, no lo vas a creer. ¡Sylvie va a exponer una obra en la bienal de Venecia! Yo tomo vacaciones y Pulcrito… bueno, ya sabes, tiempo libre. ¡Nos vamos los cuatro de vacaciones a Italia! Porque tú vienes – dice Valerie, evidentemente contenta y emocionada. Asiento con la cabeza y pienso: a Italia, ¿y mis chimeneas? ¿Habrá alguna aventura filosófica por allá?

ADVERTENCIA AL LECTOR

Este ensayo fue escrito bajo la luz de emociones surgidas de comentarios, ideas, citas, que se quedan instalados en nuestra mente de tanto leer; reflexiones que recojo de los propios autores imaginando el lugar y tiempo en que se produjeron, pero en espacios ficcionales que voy recreando con anécdotas, alusiones a sitios; por eso el discurso se elabora en tiempo presente.

La idea se me ocurrió uno de esos días de mis repetidos hastíos, cuando le comenté a una amiga que me hubiera gustado tener la profesión de un limpiador de chimeneas en los tejados de París, para estar siempre contemplando esa cautivadora ciudad. Así surgió el deshollinador Ilustrado.

El deshollinador, pues, junto a sus amigos, personajes ellos de ficción se reúnen en distintos lugares para hablar, y la discusión filosófica, es el tema central. Ojo, los filósofos citados (en su mayoría fallecidos) y sus parlamentos mencionados aquí, no son de ficción, aunque sus escenas son totalmente inventadas; salvo la filósofa Rayda Guzmán que es un personaje que está vivito y filosofando. En una ocasión conversando con ella de asuntos meramente teóricos, sin ella saberlo, se vio envuelta en la trama de este ensayo. Siempre me han parecido interesantes sus planteamientos, sobre todo porque en nuestras conversas que siempre andan derivando entre el ocio y el pensamiento, todavía persiste la idea de que la filosofía sirve para algo. Así que decidí amueblar sus ideas y las habilité junto con los otros personajes de papel en este ensayo novelado.

El deshollinador a través de escuchas de voces que salen de las chimeneas, va armando toda una discusión con sus amigos de temas filosóficos variados, para que el lector participe en una miscelánea de pensamientos de la época narrada, en un intento de que se lean, sin complicaciones silogísticas. Sólo me dejé llevar por ese vagabundeo del espíritu de lo que yo soñaba de esos tiempos. Advierto entonces al lector que debe leerlo bajo sospecha, si bien las referencias teóricas se acercan a los textos, hay mucho de pensamiento diverso. De chimenea en chimenea el deshollinador husmea entre los que buscan en la dialéctica y el estructuralismo, el existencialismo y el posmodernismo, reflexionando sobre lo escuchado. Sin embargo, no quiero hacer de este ensayo un *collage* de citas sociológicas o filosóficas, se trata de puntualizar un tema que permita al lector abrir la discusión en torno a la Modernidad y su fecha de caducidad.